W0345678

LE LIVRE DES ÉNIGMES DE LA SCIENCE-FICTION

Édition originale publiée sous le titre *The Science-Fiction Puzzle Book* en 2020 au Royaume-Uni par Welbeck, une marque de Welbeck Publishing Group, 20 Mortimer Street, London W1T 3JW.

Copyright © Welbeck Non-Fiction Limited, Part of Welbeck Publishing Group 2020

© 2021, Hachette Livre (Hachette Pratique).

58, rue Jean Bleuzen - 92178 Vanves Cedex

Tous droits de traduction, d'adaptation et de reproduction, totale ou partielle, pour quelque usage, par quelque moyen que ce soit, réservés pour tous pays.

Direction : Catherine Saunier-Talec

Directeur de projet : Antoine Béon

Édition : Anne Vallet et Camille Lenglet

Mise en pages : Les PAOistes

Correction : Emmanuelle Fernandez

Dépôt légal : février 2021

12-8974-9/01

ISBN : 978-2-01-713441-1

Imprimé à Dubaï

LE LIVRE DES ÉNIGMES DE LA SCIENCE-FICTION

INSPIRÉ PAR LES ŒUVRES D'ISAAC ASIMOV, RAY BRADBURY, ARTHUR C. CLARKE, ROBERT A. HEINLEIN ET URSULA K. LE GUIN

TIM DEDOPULOS

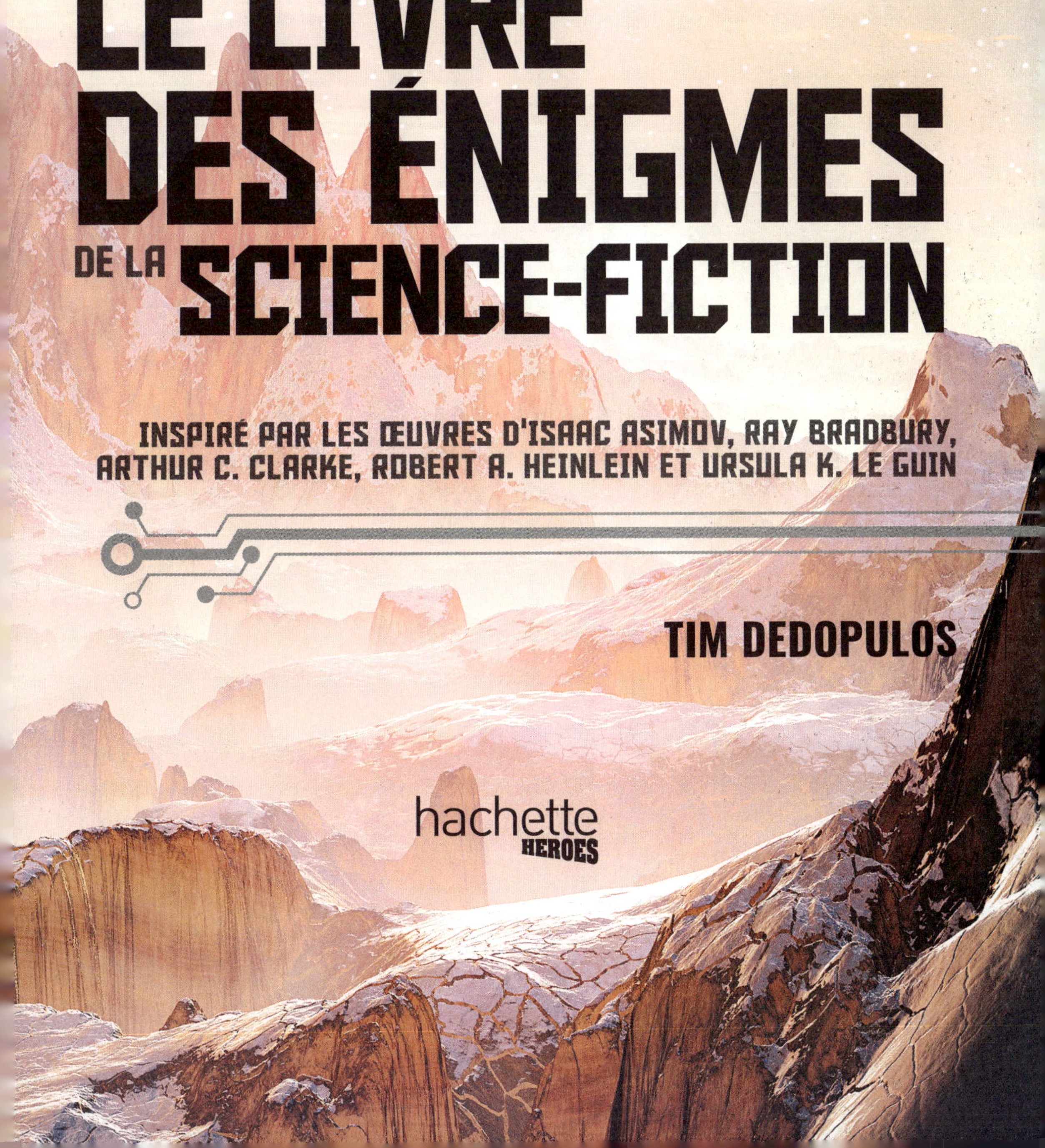

hachette
HEROES

SOMMAIRE

INTRODUCTION

Si la science-fiction possède en son cœur un diamant, alors ce diamant est la question « Et si... ? ». Le genre a toujours été tel un objectif à travers lequel les gens examinent le monde et imaginent comment les choses pourraient se dérouler de manière différente, mais plausible. Pour citer la grande Octavia Butler, « la science-fiction vous permet de vous rendre n'importe où et d'étudier tout ce que vous voulez ». Les meilleurs écrivains ont toujours observé la société et ont su en voir les lois écrites et non écrites, pour ensuite jouer avec.

Et si cette restriction était poussée jusqu'à sa limite ?

Et si cette dernière n'existait plus ?

Ce livre est un recueil d'énigmes, plutôt qu'un ouvrage philosophique, et donc les questions que vous allez y trouver sont légèrement moins précises. Comme la SF elle-même, elles sont parfois techniquement rigoureuses, parfois très ouvertes et décalées. Certaines mettront à l'épreuve vos capacités de calcul, vos connaissances scientifiques, votre logique et votre ingéniosité. Chaque énigme est inspirée par ou fondée sur une histoire spécifique de science-fiction, et lorsque la question est plus décalée, la réponse en fin d'ouvrage reflète la solution originelle apportée par cette histoire. Vous pourriez très bien trouver quelque chose d'encore mieux !

Les auteurs dont les œuvres ont inspiré ces énigmes font partie des plus grands – mais ils sont loin d'être les seuls grands auteurs de SF. Beaucoup, beaucoup d'autres écrivains mériteraient d'être inclus dans ce livre, mais les limites physiques sont impitoyables. Il n'y a même pas suffisamment de place pour lister tous les noms des auteurs qui devraient se trouver au sommaire du livre, alors, s'il vous plaît, n'hésitez pas à lire les œuvres de Margaret Atwood, Octavia Butler, Samuel R. Delany, Philip K. Dick, W. E. B. Du Bois, Greg Egan, Harry Harrison, Aldous Huxley, Fritz Leiber, George Orwell, Joanna Russ, James Tiptree Jr., H. G. Wells, John Wyndham, Roger Zelazny, et bien d'autres encore...

Rédiger des énigmes inspirées par des œuvres de fiction spécifiques, c'est un peu comme cuisiner. Parfois, le matériel originel va se retrouver quelque peu malmené. J'ai sincèrement tenté de rester fidèle aux histoires tout en faisant en sorte que les questions elles-mêmes soient pertinentes. J'ai cependant dû prendre quelques libertés, aussi je vous prie de ne pas juger les auteurs cités ici à l'aune de mes pâles réflexions.

Dans un univers à la variété infinie, chaque émerveillement, chaque éblouissement n'est pas seulement envisageable : il est une certitude. La science-fiction est la porte d'entrée vers cet univers, et il est aussi facile de la franchir que de se saisir d'un livre ou d'une liseuse. Entrez donc, et laissez « Et si... ? » vous présenter des visions dont vous n'avez encore jamais rêvé.

Tim Dedopulos

ISAAC ASIMOV

1920 - 1992

BIOGRAPHIE

ISAAC ASIMOV ÉTAIT PROFESSEUR DE BIOCHIMIE ET L'UN DES « TROIS GRANDS » AUTEURS DE SCIENCE-FICTION DU MILIEU DU XXE SIÈCLE. IL EST PRINCIPALEMENT CONNU POUR SA SÉRIE *FONDATION*, QUI A REMPORTÉ LE PRIX HUGO DE LA « MEILLEURE SÉRIE DE TOUS LES TEMPS ». MAIS IL A ÉGALEMENT ÉCRIT LE CYCLE DE L'EMPIRE ET CELUI DES ROBOTS, AINSI QUE PRÈS DE 500 AUTRES OUVRAGES DANS UN LARGE ÉVENTAIL DE GENRES ET DE CATÉGORIES DE LA LITTÉRATURE NON ROMANESQUE. LA BIBLIOGRAPHIE SÉLECTIVE PROPOSÉE À DROITE N'EST QUE LA PARTIE ÉMERGÉE DE CET ICEBERG.

Avide consommateur de SF à l'adolescence, il a écrit sa première histoire à 17 ans. Elle fut refusée par John W. Campbell, alors rédacteur en chef de la revue *Astounding Science Fiction*, et l'un des plus importants écrivains de science-fiction de l'époque, qui lui prodigua cependant des conseils et le prit sous son aile. Sa première histoire publiée, *Au large de Vesta*, parut à peine deux ans plus tard.

Son talent était d'utiliser la science dure – dont il avait une connaissance très développée – et de la rendre non seulement accessible au lecteur moyen, mais aussi incroyablement passionnante. Ses trois lois de la robotique, qui ont inspiré nombre de ses propres œuvres, sont désormais si acceptées que dans certains cercles, on estime qu'un jour les véritables robots seront conçus selon leurs spécificités. Que cela se produise ou non, Asimov a d'ores et déjà laissé une empreinte indélébile sur ce monde, mais aussi sur d'autres : en plus des nombreux prix littéraires nommés en son honneur, un astéroïde et un cratère de Mars portent son nom.

BIBLIOGRAPHIE SÉLECTIVE D'OUVRAGES DE SCIENCE-FICTION PAR ISAAC ASIMOV

La trilogie Fondation

Fondation

Fondation et Empire

Seconde Fondation

Le cycle Fondation étendu

Prélude à Fondation

L'Aube de Fondation

Fondation foudroyée

Terre et Fondation

Le cycle des Robots

Les Cavernes d'acier

Face aux feux du soleil

Les Robots de l'aube

Les Robots et l'Empire

Le cycle de l'Empire

Tyrann

Les Courants de l'espace

Cailloux dans le ciel

Sélection d'autres romans

La Fin de l'éternité

Les Dieux eux-mêmes

Quand les ténèbres viendront

Sélection de nouvelles

Les Robots

L'homme bicentenaire et autres histoires

Nous les robots

ROBOT

LES TROIS LOIS DE LA ROBOTIQUE D'ISAAC ASIMOV FONT PARTIE DES MAXIMES LES PLUS CÉLÈBRES ET LES PLUS IMMUABLES DE TOUTE LA SCIENCE-FICTION.

LA PREMIÈRE LOI : **Un robot ne peut porter atteinte à un être humain, ni, en restant passif, permettre qu'un être humain soit exposé au danger.**

LA DEUXIÈME LOI : **Un robot doit obéir aux ordres qui lui sont donnés par un être humain, sauf si de tels ordres entrent en conflit avec la Première Loi.**

LA TROISIÈME LOI : **Un robot doit protéger son existence tant que cette protection n'entre pas en conflit avec la Première ou la Deuxième Loi.**

Une station de recherche teste une forme de radiation légèrement dangereuse pour les humains, mais fatale pour les robots qu'elle élimine en 60 secondes. Hélas, chaque fois qu'un scientifique effectue un test, les robots situés à proximité et disposant de suffisamment de connaissances pour être utiles obéissent à la Première Loi et foncent pour protéger les scientifiques, se faisant alors détruire ou empêchant les humains de mener leur expérience à bien. Le directeur change donc leur programmation en éliminant la partie « ni, en restant passif, permettre qu'un être humain soit exposé au danger ».

Un des robots ainsi modifiés applique alors fortuitement à la lettre l'ordre du chercheur agacé qui lui demande de « disparaître », et se cache au milieu d'une série de nouveaux robots non modifiés, et ne connaissant rien de la station. Ces robots sont strictement identiques au nouveau robot du point de vue de l'apparence. Le robot modifié n'obéira à aucun nouvel ordre et fera tout ce qui lui est permis pour appliquer sa dernière consigne, rester disparu, y compris faire le choix d'obéir à la version originelle de la Première Loi.

QUEL ORDRE DONNER AFIN DE FORCER CE ROBOT À SE MANIFESTER ?

RÉPONSE PG/170

MARS

Durant une épidémie martienne particulièrement virulente, intraitable et impossible à éliminer, un patient arrive à une station médicale grièvement blessé. Trois opérations doivent absolument être pratiquées immédiatement, une par chacun des trois chirurgiens encore en vie, A, B et C. Le patient est peut-être infecté ou peut-être pas, et il en va de même pour les chirurgiens. Aucun symptôme ne précède l'instant de la mort. La maladie est virulente et se transmet instantanément par le toucher, peau contre peau, peau contre objet, et objet contre objet, à l'infini. Mais du moins, il s'agit du seul moyen de transmission de la maladie.

Hélas, à cause de la paranoïa engendrée par l'épidémie, les véritables gants de protection médicaux sont devenus très rares, et il n'en reste que deux paires disponibles. Tout le reste du matériel est disponible en de multiples exemplaires.

Il est possible d'enfiler, de retirer et de retourner les gants à l'aide d'instruments stériles, on peut donc estimer que personne n'a à toucher les gants pour les mettre ou les ôter. Cependant, si un chirurgien est infecté, la maladie se transmettra de sa main à l'intérieur des gants. De même, si le patient est infecté, elle se transmettra à l'extérieur des gants. Les gants ne peuvent pas être de nouveau stérilisés, et les trois opérations exigent l'usage des deux mains.

COMMENT LES CHIRURGIENS PEUVENT-ILS UTILISER LES GANTS EN S'ASSURANT QU'IL SOIT IMPOSSIBLE DE CONTAMINER – OU D'ÊTRE CONTAMINÉ PAR – LE PATIENT OU LEURS COLLÈGUES ?

RÉPONSE PG/170

VEUF

Un veuf découvre qu'une quantité non négligeable d'argent ainsi qu'un certain nombre de bons au porteur ont été volés à la société qu'il possède. Une seule autre personne sait comment accéder au coffre – son neveu, qui est également son responsable financier. Le neveu possède un tic inhabituel : il ne peut que dire la vérité, même si cela va contre son propre intérêt. Ce n'est pas quelqu'un de plaisant ou de populaire, mais sa parole ne peut être mise en doute.

Le veuf trouve son neveu et lui explique que de l'argent et des bons ont été volés dans le coffre la nuit précédente. Il exige ensuite de lui qu'il lui dise s'il est impliqué, voire même totalement responsable.

La réponse du neveu est directe et assurée. « Je n'ai jamais révélé comment accéder au coffre de quelque manière que ce soit.
Je n'ai jamais aidé personne à voler la société.
Je n'ai pas pris l'argent ou les bons. »

Le veuf s'excuse d'avoir posé cette question et s'en va. Mais alors que l'enquête de police sur le vol dure, et que les jours deviennent des semaines, il commence à se poser des questions. Cependant, la sincérité de son neveu ne peut être remise en question.

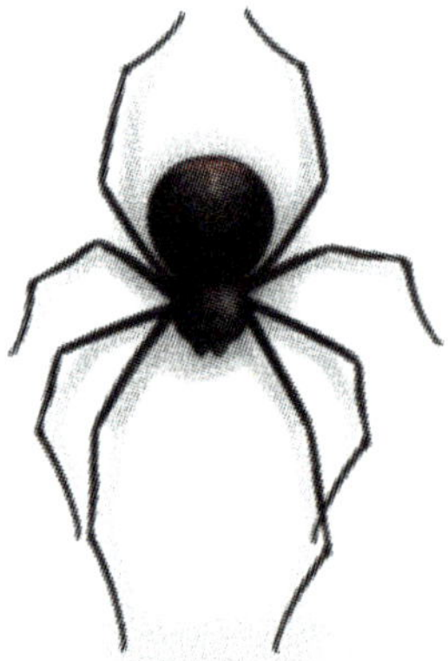

NÉANMOINS, EST-IL POSSIBLE QUE CELUI-CI SOIT QUAND MÊME RESPONSABLE DU VOL ?

RÉPONSE
PG/171

ALIENS

Dans l'un de ses essais, Asimov a écrit, « Une des questions qui est posée d'innombrables fois à notre époque hardie (je l'ai moi-même d'ailleurs posée) est : "Si la vie existe dans notre univers, pourquoi n'est-elle jamais entrée en contact avec nous ?" »

La question est connue sous le nom de paradoxe de Fermi, du nom du physicien légendaire qui l'a posée à une paire de collègues un jour durant le repas. Après tout, il y a des centaines de milliards d'étoiles dans notre galaxie, et sans doute des milliers de milliards de planètes. Le Soleil est relativement jeune, et la possibilité existe donc que des civilisations intelligentes soient vieilles de milliards d'années.
Si l'on se fonde sur notre propre développement technologique, et sur la manière dont fonctionne la croissance exponentielle, cela devrait avoir laissé largement assez de temps pour que toute la galaxie ait été colonisée.

Les aliens devraient représenter une facette normale de la vie quotidienne des Terriens. Alors, où sont-ils ? Il ne s'agit bien sûr pas vraiment d'un paradoxe. Nous n'avons tout simplement pas la réponse.

Certaines personnes religieuses ou sceptiques tiennent le paradoxe de Fermi pour preuve que l'intelligence extraterrestre n'existe pas : ils ne sont pas ici parce qu'ils ne sont nulle part. Beaucoup d'autres pensent à un « Grand Filtre », un faux-pas technologique ou social qui élimine invariablement toutes les espèces intelligentes. C'est une possibilité tout à fait crédible.

POUVEZ-VOUS TROUVER D'AUTRES RAISONS EXPLIQUANT LEUR ABSENCE ?

RÉPONSE
PG/171

LOGIQUE

La logique est le pilier primordial de l'avancée scientifique. Sans elle, nous fléchissons et nous nous vautrons dans la superstition et les suppositions. C'est un cadre précis qui soutient certaines de nos déductions les plus étonnamment élégantes.

Complétez la liste ci-dessous en n'utilisant que des chiffres décimaux allant de un à neuf, afin que chaque espace ne contienne qu'une réponse, et que chaque déclaration soit complète et correcte.

DANS CETTE LISTE, IL Y A :

- ☐ OCCURRENCE(S) DU CHIFFRE 1 ;
- ☐ OCCURRENCE(S) DU CHIFFRE 2 ;
- ☐ OCCURRENCE(S) DU CHIFFRE 3 ;
- ☐ OCCURRENCE(S) DU CHIFFRE 4 ; ET
- ☐ OCCURRENCE(S) DU CHIFFRE 5.

RÉPONSE
PG/172

SOLAIRE

NOUS SAVONS TOUS QUE LA TERRE SE DÉPLACE DE MANIÈRE À PEU PRÈS CIRCULAIRE AUTOUR DU SOLEIL, QUI RESTE PLUS OU MOINS FIXE. N'EST-CE PAS ?

C'EST FAUX.

DÉCRIVEZ LE VÉRITABLE PARCOURS DE LA TERRE.

RÉPONSE
PG/173

EMPIRIQUE

La planète Trantor est la planète la plus proche du centre de la Voie lactée qui soit habitable par les humains. Elle a été colonisée par ces derniers aux environs de l'an 10 000 de notre ère, après notre découverte de la technologie de l'hyperespace. Initialement, elle a été le centre d'une modeste république composée de cinq mondes à peine, avant de s'agrandir et de devenir une importante confédération régionale, et finalement l'Empire qui englobe toute la galaxie.

La Terre était à ce moment devenue radioactive, mais la majeure partie de la culture humaine préspatiale a été préservée. Une personne de notre époque se rendant sur Trantor serait, bien sûr, sidérée de découvrir un monde entièrement recouvert par une immense ville, protégée de la météo affreuse par des dômes artificiels. Mais une fois acclimaté aux merveilles technologiques, il ne serait pas difficile de s'y faire.

MAIS TOUT CE QUI VIENT DE LA TERRE N'EST PAS PARVENU SUR TRANTOR. UNE OMISSION NOTABLE DE L'EMPIRE TRANTORIEN EST L'UTILISATION ET LES RÉFÉRENCES AUX CONSTELLATIONS ASTRONOMIQUES. SAVEZ-VOUS POURQUOI ? LES DÔMES SONT TRANSPARENTS.

RÉPONSE PG/173

ATTRACTION

Selon la manière dont on le définit, l'acte de s'échapper de la Terre est quelque chose qui se produit à des distances très différentes. Au niveau le plus humble, on échappe brièvement à la Terre à chaque fois qu'on court ou qu'on saute. Le bord extérieur de la mésosphère, à 80 km de haut, est la zone où les météores qui pénètrent dans l'atmosphère commencent à brûler. Franchir ce point signifie-t-il pour vous qu'on s'est échappé ? L'exosphère est là où la plupart de nos satellites artificiels sont situés. Elle débute à quelques centaines de kilomètres de la surface et s'élève jusqu'à plus de 9 500 km, au point où l'on trouve les derniers fragments de notre atmosphère, et où débutent les vents solaires.

Mais il ne s'agit là que de l'atmosphère physique. Le champ magnétique terrestre est largement plus étendu et sa zone d'influence – la magnétosphère – nous protège du vent solaire. Sur notre côté jour, le vent solaire comprime la magnétosphère jusqu'à 65 000 km. Mais sur notre côté nuit, à l'abri du vent solaire, la magnétosphère s'étend sur près de 6 500 000 km – largement plus loin que la Lune, qui se trouve à 400 000 km.

ÉTANT DONNÉ CE QUE VOUS SAVEZ DES LOIS DE LA PHYSIQUE, JUSQU'OÙ DOIT-ON ALLER POUR SE LIBÉRER COMPLÈTEMENT DE LA GRAVITÉ TERRESTRE ?

RÉPONSE
PG/174

CEINTURE

Il est courant dans la science-fiction que les vaisseaux spatiaux qui parcourent le système solaire aient des ennuis avec les débris de la ceinture d'astéroïdes, qui occupe une vaste partie de l'espace entre Mars et Jupiter. Il semble raisonnable d'envisager ce danger, jusqu'à ce qu'on considère que les astéroïdes sont, en fait, largement répartis et qu'une collision entre des astéroïdes raisonnablement importants – 10 km de diamètre ou plus – ne se produit qu'une fois tous les 10 millions d'années environ.

Et donc, en réalité, la ceinture d'astéroïdes est un endroit sans danger pour y voyager en vaisseau spatial. Si on voulait vraiment percuter un morceau de roche, il faudrait en traquer un et le viser délibérément.

Cependant, imaginons que la ceinture d'astéroïdes soit vraiment la sorte de ballet tourbillonnant de cailloux mortels et serrés les uns contre les autres que l'on rencontre dans les histoires. Vous devez accomplir le voyage de Mars à Jupiter dans un vaisseau très basique. Cela signifie que vous ne pouvez pas utiliser d'armes pour dégager votre passage, et que votre vaisseau ne dispose d'aucun bouclier, champ de force ou autre forme de protection face aux astéroïdes.

COMMENT VOUS EN SORTIR FACE À CETTE CEINTURE D'ASTÉROÏDES EXTRAORDINAIREMENT REDOUTABLE ?

RÉPONSE
PG/174

AZAZEL

Haut d'environ 5 cm et couleur lavande, Azazel est un démon. Ou peut-être un extraterrestre, selon lesquelles de ses affirmations vous prenez pour argent comptant. Il accepte d'aider un homme nommé Griswold à se venger de Felix Hammock, un collectionneur de toiles de maître extrêmement riche.

La doléance de Griswold est qu'il a cédé à Hammock une idée pour une bouchée de pain, et que celle-ci a rapporté à ce dernier 10 millions de dollars. Mais Hammock refuse de partager ses profits. Azazel accepte de voler au collectionneur tout ce que Griswold lui indique. Des allers-retours successifs sont hors de question, tout comme agresser Hammock physiquement, mais la contrainte principale est la taille : étant minuscule, Azazel ne peut voler plus de deux grammes de matière. Même faire un trou dans un des Picasso du collectionneur ne représenterait qu'une perte financière négligeable.

Malgré tout, Griswold met au point un plan selon lequel le larcin d'Azazel va faire perdre au moins 10 millions de dollars de valeur à la collection d'Hammock, et sans causer d'autre dégât que le retrait des deux grammes de matière volée.

COMMENT ?

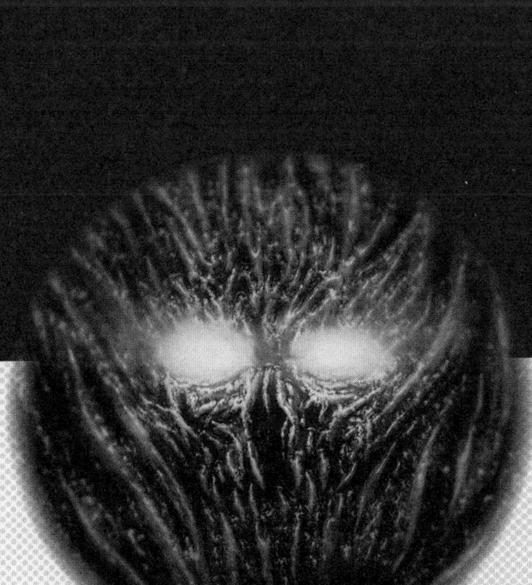

RÉPONSE
PG/175

VESTA

Le capitaine du *Reine d'Argent* ayant imprudemment traversé la ceinture d'astéroïdes, il ne reste que trois survivants : Warren, Mark et Michael. Ne subsiste qu'un fragment du vaisseau, constitué de trois pièces hermétiquement fermées et de débris les reliant entre elles. Les survivants disposent en outre d'une seule combinaison spatiale, d'une cuve contenant de l'eau pour une année et d'une semaine de nourriture, le tout réparti dans les diverses pièces et leurs containers, mais de seulement trois jours d'oxygène.

Le fragment est en orbite autour de l'astéroïde Vesta. Deuxième astéroïde de la ceinture par la taille après Cérès, Vesta dispose d'une petite station habitée, mais la communauté qui y réside ne possède pas de vaisseau et les secours potentiels les plus proches sont

à une semaine de distance. Les pièces hermétiquement scellées sont allumées et demeurent à une température vivable, mais le reste de l'épave est hors service, sans bombonne de gaz ni aucune autre source de carburant.

Tout espoir semble perdu jusqu'à ce qu'un des hommes ait une idée. Bientôt, ils sont en route vers Vesta où ils vont atterrir sans grâce, et où ils pourront être sauvés par les occupants de la station.

COMMENT ?

RÉPONSE
PG/175

SILICONE

Le vaisseau cargo *Robert Q* est gravement endommagé sur la Station Cinq. L'équipage est tué sur le coup et la créature extraterrestre qu'ils ont avec eux est grièvement blessée. C'est un être en silicone, membre d'une race d'êtres vivant à la surface des astéroïdes et se nourrissant de radiation gamma. Normalement, ils ne mesurent pas plus de 4 ou 5 cm, mais celui-ci en mesure 30, ce qui confirme que le *Robert Q* a découvert un dépôt d'uranium extrêmement riche.

Craignant sans doute les vols, l'équipage n'a pas noté où se trouve le dépôt d'uranium, ni à l'intérieur du vaisseau, ni sur leurs personnes. Il n'y a pas de journal de bord ou d'autres formes de localisation susceptibles d'aider à tracer leur route. La créature en silicone peut communiquer dans un anglais sommaire, et avant de mourir, elle annonce que les coordonnées du dépôt sont enregistrées sur l'astéroïde.

ARMÉ DE CES INFORMATIONS, L'ENQUÊTEUR WENDELL URTH A ÉTÉ CAPABLE D'IDENTIFIER SEUL L'EMPLACEMENT DE L'ASTÉROÏDE, SANS QUITTER LA STATION CINQ. COMMENT ?

RÉPONSE
PG/176

OIE

Les scientifiques américains sont extrêmement enthousiastes de découvrir une oie vivante ayant pondu des œufs d'or par le biais d'un processus catalytique convertissant l'oxygène-18, un isotope mineur de l'oxygène dont on trouve des traces dans l'air, en or. Même si l'or est bien agréable, le plus important est que le volatile est immunisé contre la radioactivité produite durant cette conversion. En fait, ce processus pourrait potentiellement convertir n'importe quel isotope radioactif en un isotope stable. Si la méthode utilisée par l'oie pour convertir l'oxygène-18 peut être comprise, rien que les bénéfices apportés par l'élimination des déchets radioactifs seraient presque incalculables.

Les scientifiques comprennent rapidement que pour en apprendre plus, ils doivent étudier le développement des embryons de l'oie, ce qui signifie qu'il leur faut des œufs viables. Mais les œufs sont en or. Même en plaçant l'oie dans une atmosphère dangereusement raréfiée, il reste assez d'or qui se dépose sur les œufs pour les rendre stériles. Faire du mal à l'incroyable créature est, bien évidemment, hors de question.

POUVEZ-VOUS PENSER À UNE METHODE POUR QUE L'OIE PONDE DES ŒUFS VIABLES ?

RÉPONSE
PG/177

HENRY

M. Jackson est infailliblement honnête et respectueux des lois, indépendamment du coût personnel que peut entraîner pour lui l'application d'un tel code moral. Hélas, l'homme se met en affaire avec M. Anderson, voleur, menteur et arnaqueur. Il ne faut pas longtemps à Anderson pour trouver le moyen de forcer Jackson à quitter la société qu'ils ont fondée ensemble, sans son capital de départ.

Un soir peu de temps après, Anderson rentre chez lui et constate que Jackson est à l'intérieur. L'homme observe, éberlué, depuis un endroit caché, Jackson qui quitte la maison furtivement, vérifiant qu'aucun témoin ne l'a remarqué. La demeure d'Anderson recèle tout un fouillis de trésors de toutes tailles et de toutes formes, certains extrêmement compromettants, mais elle ne contient rien ayant appartenu à Jackson et dont ce dernier pourrait se prétendre avoir été le propriétaire, pas même un crayon. Il n'y a là rien non plus qui relève de la propriété publique, mais si cela avait été le cas, le prendre n'aurait pas été considéré comme un vol. Cependant, Anderson ne recense pas son butin, et même un enquêteur ne parvient pas à l'aider à découvrir ce que Jackson a volé. De plus en plus paranoïaque, l'escroc sombre dans une déchéance abrupte.

Des années plus tard, Henry Jackson est interrogé à ce sujet par l'enquêteur qu'Anderson avait brièvement engagé. Il insiste sur le fait qu'il est resté absolument fidèle à son code durant toute l'affaire. Il avoue cependant avoir dérobé quelque chose à Anderson.

QU'A-T-IL PRIS ?

RÉPONSE
PG/177

PAPIER

Le professeur Drake est certain qu'un de ses étudiants, un jeune nommé Lance, a triché à l'examen de fin d'année de son cours afin d'obtenir une note historiquement élevée.

La sécurité de la session d'examen à l'université est absolument infaillible. Un groupe de surveillants observent les professeurs qui dressent la liste des questions de l'examen – mais sans voir les questions elles-mêmes -, puis emportent les enveloppes scellées et les rangent dans un coffre de haute sécurité. Il est impossible d'espionner le processus de compilation de la liste, de jeter un œil à la feuille avant qu'elle soit enfermée, ou de l'obtenir une fois qu'elle l'a été. Le matin de l'examen, une fois tous les étudiants présents dans la salle d'examen, les feuilles sont sorties du coffre, reproduites et distribuées.

Le professeur ne risquerait jamais le renvoi en révélant les questions de la feuille à un étudiant. En fait, hormis le moment où il a dressé la liste des questions sous surveillance, le professeur Drake n'a pas écrit ou parlé au sujet des questions, ni ne les a révélées d'aucune manière que ce soit. Il ne s'est même pas mentalement attardé dessus. À cette époque, ni la télépathie, ni le voyage temporel n'existent, et Lance n'est pas capable de se rendre intangible ou invisible.

MALGRÉ TOUT, LE PROFESSEUR A RAISON, ET LANCE A BEL ET BIEN TRICHÉ DANS LES GRANDES LARGEURS. COMMENT ?

REPONSE
PG/177

MAIRE

Stephen Byerley, procureur intègre d'une très grande ville, décide de se présenter à l'élection pour devenir maire. Il n'a jamais requis la peine de mort, et affirme n'avoir jamais condamné un innocent. Il est également connu pour être quelqu'un de très privé : en public, il ne mange jamais, ne va jamais aux toilettes et ne somnole même jamais. Son adversaire, Francis Quinn, commence à affirmer que Byerley est un robot, et bientôt cette controverse devient le seul sujet de la campagne.

Divers tests ne permettent pas de régler la question. Byerley mange quelques pommes, mais le Dr Susan Calvin de chez US Robots fait remarquer qu'un robot pourrait disposer d'une poche à nourriture dans son torse. Quinn tente de passer son adversaire aux rayons X à son insu, mais il s'avère que le procureur porte un bloqueur de rayons X afin de conserver son droit à une vie privée. Le Dr Calvin est d'avis que le parti pris pacifiste de Byerley pourrait correspondre à une mise en pratique de la Première Loi de la robotique, mais note qu'il pourrait tout aussi bien s'agir d'une prise de position morale. Byerley n'applique pas la Deuxième Loi de manière automatique : il n'obéit pas systématiquement aux ordres des humains, mais il pourrait avoir reçu au préalable un ordre d'un humain le dispensant de suivre les nouveaux ordres.

Finalement, durant un discours de campagne face à un public hostile, un perturbateur jaillit de la foule, monte sur scène et exige que Byerley le frappe au visage. Le procureur accepte, et le fait. La Loi de Zeroth n'a pas encore été formulée : un robot ne dispose pas de la marge de manœuvre lui permettant de faire du mal à un humain pour le bien de l'humanité au sens large. Suite à cette violation claire de la Première Loi, Byerley prouve de manière conclusive qu'il n'est pas un robot.

CEPENDANT, PLUS TARD, LE DR CALVIN AVOUE À BYERLEY QU'ELLE LE SOUPCONNE TOUJOURS D'ÊTRE UN ROBOT. POURQUOI ?

RÉPONSE
PG/178

PASSÉ

Le chronoscope est une invention qui permet à son utilisateur d'observer directement le passé de n'importe quel lieu sur Terre. Il est rigoureusement contrôlé par le gouvernement qui, dans les rares occasions où il daigne fournir quelques informations, répond avec réticence aux questions sur le passé de scientifiques et d'enquêteurs sur un principe strict de cas par cas. Les requêtes refusées le sont sans la moindre explication ni la moindre possibilité d'appel.

Le professeur Potterly, expert de la cité antique de Carthage, est tellement enragé par les refus constants qu'il essuie qu'il cherche à créer son propre chronoscope – une activité extrêmement illégale. La chronoscopie est un champ de recherche interdit. Il recrute discrètement quelques collègues rebelles, et au bout d'un moment, ils parviennent à développer une machine améliorée, à la fois plus petite et facile à fabriquer.

Le groupe découvre rapidement qu'il existe une limite stricte à la distance temporelle jusqu'à laquelle le chronoscope peut voir : 120 ans exactement. Il ne s'agit pas d'un défaut de leur machine, mais d'une contrainte universelle fondamentale. Cela prouve sans le moindre doute que beaucoup des réponses du chronoscope gouvernemental sont tout bonnement des mensonges. Furieux, ils rédigent un article afin de le distribuer. Celui-ci souligne la supercherie et inclut des plans permettant aux lecteurs de fabriquer leurs propres engins.

Les agents du gouvernement les arrêtent tous, mais il est trop tard. L'article a déjà été diffusé publiquement. Lorsque l'agent responsable le découvre, il souligne avec désespoir que le gouvernement cherchait juste à préserver la société.

DE QUOI ?

RÉPONSE
PG/178

INFILTRÉS

Un agent secret américain revient d'une mission clandestine en Russie avec d'atroces nouvelles. Les Soviétiques ont mis au point des robots très en avance sur la technologie américaine, et suffisamment réussis pour imiter des humains spécifiques, jusque dans leurs tics verbaux et leurs manières de penser. Mais ce n'est pas le pire. Dix de ces robots ont déjà discrètement remplacés des citoyens américains au cours des derniers mois, et chacun fonctionne comme une partie d'une bombe de conversion globale. Lorsque les dix se regrouperont, ils déclencheront une explosion nucléaire.

Travaillant uniquement avec l'agent secret, le chef du bureau organise en urgence une conférence des principaux intellectuels et penseurs de l'état, issus de toutes les disciplines scientifiques, afin de définir comment gérer cette crise. Mais, alors que le premier des délégués sélectionnés est sur le point d'arriver, le responsable comprend que la conférence elle-même pourrait très bien être la cible de la bombe. Tuer les principaux scientifiques du pays lui porterait un coup terrible. Il prépare des ordres pour l'équipe de sécurité, afin de s'assurer que tous les délégués soient inspectés séparément à leur arrivée.

PRESQUE IMMÉDIATEMENT, LE CHEF DU BUREAU COMMENCE À RECEVOIR DES RAPPORTS TERRIFIANTS LUI SIGNIFIANT QUE DES DÉLÉGUÉS EXPLOSENT. QUE FAIT-IL ENSUITE ?

RÉPONSE
PG/179

CONFLIT

Comme nous l'avons évoqué plus tôt dans ce livre, la Première Loi de la robotique d'Asimov stipule qu'un robot ne peut pas faire de mal à un être humain ni, par son inaction, permettre qu'un être humain soit exposé au danger. La Deuxième Loi stipule qu'un robot doit obéir aux ordres que lui donnent les êtres humains, sauf si ces ordres entrent en conflit avec la Première Loi. La Troisième Loi stipule qu'un robot doit protéger sa propre existence tant que cette protection n'entre pas en conflit avec les Première et Deuxième Lois. Toucher à ces lois présente toujours un risque.

Un robot exceptionnellement onéreux surnommé Speedy voit sa Troisième Loi renforcée pour l'aider à éviter les dégâts accidentels. Sur Mercure, lors de la remise en fonction d'une station minière, un des humains donne à Speedy un ordre formulé négligemment, pour qu'il récupère du sélénium dans un cratère. Hélas, ce cratère contient aussi une source de radiation modérément dangereuse pour le robot. Normalement, il aurait dû aller malgré tout chercher le sélénium, mais l'ordre mal formulé et la Troisième Loi renforcée causent un conflit critique et Speedy se retrouve coincé à faire le tour du cratère, incapable de traiter de nouveaux ordres.

Vu qu'il est impossible de rebooter ou d'éteindre le robot, et qu'aucun moyen de communiquer avec lui n'est disponible, il ne semble y avoir aucune solution. Le sélénium est nécessaire pour maintenir la production d'oxygène de la station, mais l'ordre originel ne le mentionnait pas, et Speedy est désormais incapable de comprendre ce fait. Dans le peu de temps qui subsiste, l'ingénieur Mike Donovan parvient à trouver le moyen de débloquer ce conflit critique.

COMMENT ?

RÉPONSE
PG/179

ASIMOV

À QUEL POINT CONNAISSEZ-VOUS ISAAC ASIMOV ET SON ŒUVRE ?

A. Où Asimov est-il né ?
I. En Amérique. **II.** En Grande-Bretagne.
III. En Allemagne. **IV.** En Russie.

B. Dans quelle ville des États-Unis Asimov a-t-il grandi ?
I. El Paso. **II.** Los Angeles.
III. New York. **IV.** San Francisco.

C. De quel mode de transport Asimov avait-il la phobie ?
I. Le vélo. **II.** La voiture.
III. L'avion. **IV.** Le bateau.

D. Dans lequel de ces domaines les écrits d'Asimov n'ont jamais été publiés ?
I. Les arts. **II.** La philosophie.
III. La religion. **IV.** Les sciences sociales.

E. Pour lequel de ces environnements Asimov avait-il une passion inconsidérée ?
I. Les lieux clos. **II.** Les endroits en altitude.
III. L'Allemagne. **IV.** Les grands espaces ouverts.

F. Lequel de ces personnages travaille en tant que psychologue pour robots chez US Robots ?
I. Susan Calvin. **II.** Mike Donovan.
III. Alfred Lanning. **IV.** Greg Powell.

G. Dans quel domaine scientifique Hari Seldon est-il un pionnier ?
I. Le voyage hyperspatial. **II.** La lecture de la pensée.
III. La positronique. **IV.** La psychohistoire.

H. Dans l'avenir des séries de l'*Empire* et de *Fondation*, quel est le problème de la Terre ?
I. Instabilité dimensionnelle. **II.** Entièrement bétonnée.
III. Radioactivité. **IV.** Surpopulation.

I. Quel type d'histoires mettent en scènes les Veufs Noirs ?
I. Fantastique. **II.** Mystère.
III. Thriller. **IV.** Science-fiction.

J. Quel était le surnom du ranger de l'espace David Starr ?
I. Bright. **II.** Lucky.
III. Radio. **IV.** Super.

RÉPONSE PG/179

ROBERT A. HEINLEIN

1907 - 1988

BIOGRAPHIE

ROBERT A. HEINLEIN ÉTAIT UN OFFICIER DANS LA MARINE AMÉRICAINE, UN INGÉNIEUR AÉRONAUTIQUE ET UN AUTEUR DE SCIENCE-FICTION QUI FAISAIT LUI AUSSI PARTIE DES « TROIS GRANDS », AVEC ASIMOV ET CLARKE. IL ÉTAIT À CHEVAL SUR L'EXACTITUDE SCIENTIFIQUE DE SES HISTOIRES, ET IL FUT UN PIONNIER DE LA CATÉGORIE *HARD SCIENCE* DE LA SF.

Heinlein est venu à l'écriture à la trentaine, après avoir dû quitter l'armée suite à des problèmes de santé (c'est à cette période qu'il a mis au point un type de matelas d'eau thérapeutique, qui est devenu un élément de certaines de ses futures histoires). Ses romans ont souvent exploré des concepts sociaux et politiques provocateurs, spéculant sur la manière dont l'humanité pourrait évoluer dans certains contextes politiques ou communautaires. Aucun sujet n'était tabou : son œuvre s'est penchée sur la race, la religion et la sexualité. Sa première tentative dans ce domaine plus sérieux fut son roman populaire et controversé *Étoiles, garde-à-vous !* (*Starship Troopers*), dans lequel il examine le militarisme et le devoir envers l'État, tout en racontant une passionnante histoire. Le roman est aussi à l'origine du concept des « *space marines* » aux armures mécanisées.

La sophistication de son œuvre a été largement reconnue, lui valant de nombreux prix et louanges. Quatre de ses romans ont obtenu le prix Hugo, et sept ont reçu des Retro-Hugo, attribués à des titres publiés avant la création de ce prix. En 1975, il fut nommé premier Grand Maître des Auteurs américains de Science-Fiction et Fantasy.

BIBLIOGRAPHIE SÉLECTIVE D'OUVRAGES DE SCIENCE-FICTION PAR ROBERT A. HEINLEIN

Sélection parmi les premiers romans

Marionnettes humaines

Tunnel in the Sky

Double Étoile

Citoyen de la galaxie

Une porte sur l'été

Le Jeune Homme et l'Espace

Les Enfants de Mathusalem

Étoiles, garde-à-vous !

Romans de la période intermédiaire

En terre étrangère

Podkayne, fille de Mars

Les Orphelins du ciel

Route de la gloire

Farnham's Freehold

Révolte sur la Lune

Le Ravin des ténèbres

Time Enough for Love

Romans de la dernière période

The Number of the Beast

Vendredi

Job : Une comédie de justice

Le Chat passe-muraille

Au-delà du crépuscule

STOBOR

L'humanité a colonisé des planètes distantes grâce à la téléportation interstellaire. Le processus est instantané mais onéreux, et les colons doivent en général se débrouiller avec un niveau technologique digne de celui du Far West, jusqu'à ce qu'ils aient développé le moyen d'entretenir un commerce profitable. Les futurs colons reçoivent un entraînement intensif, et avant leur départ, ils doivent participer à une courte mission de survie sur une planète non colonisée.

Le dernier avertissement que reçoit chaque stagiaire, juste avant le saut, est une instruction inquiétante les engageant à se méfier de Stobor.

À leur retour, les colons nouvellement qualifiés sont informés que « Stobor » ne signifie en fait rien : il s'agit juste du mot « robots » à l'envers, et les robots – même à l'envers – ne sont une menace sur aucune planète.

ALORS POURQUOI CET AVERTISSEMENT ?

RÉPONSE
PG/180

JUMEAUX

L'Institut de Recherches Prospectives est une organisation vouée à l'exploration spatiale utilisant des vaisseaux voyageant à des vitesses proches de celle de la lumière. À cause des difficultés de communication à travers de vastes distances, l'Institut travaille avec des télépathes, et plus spécifiquement des paires de jumeaux qui, grâce à leur lien étroit, sont capables de communiquer instantanément d'esprit à esprit.

Pat et Tom Bartlett forment l'une de ces paires de jumeaux qui acceptent de travailler pour l'IRP. Tom se retrouve dans l'équipage d'un vaisseau, et Pat reste sur Terre.

Du point de vue de Tom et de ceux sur le vaisseau, la Terre s'éloigne presque à la vitesse de la lumière. Du point de vue de Pat, le vaisseau s'éloigne de la Terre à la même vitesse. Du point de vue d'un point fixe dans l'espace, la Terre et le vaisseau se déplacent tous deux extrêmement vite à travers l'univers.

LE TEMPS AGIT DE MANIÈRE ÉTRANGE À TRÈS GRANDE VITESSE, ET L'UN DES JUMEAUX VA VIEILLIR PLUS VITE QUE L'AUTRE, MAIS POUVEZ-VOUS DIRE LEQUEL ?

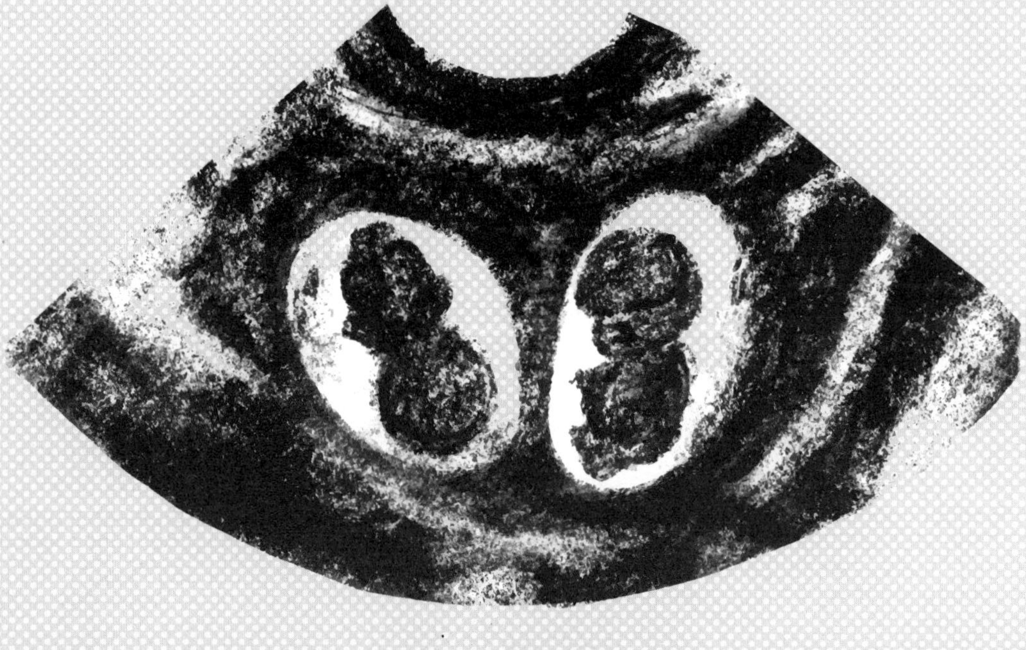

RÉPONSE
PG/180

GRAND

Le Grand Hôtel dispose d'une infinité de chambres, auxquelles on accède par un portail dans l'impressionnant hall d'entrée principal, décoré dans un somptueux style victorien. Naturellement, le portail et le hall sont tous deux capables d'accueillir une infinité de clients à tout moment, afin d'éviter tout problème.

Un soir en particulier, le Grand Hôtel accueille déjà une infinité de clients, mais une infinité de voitures arrive, transportant une infinité de nouveaux clients qui désirent tous une chambre. Après un instant de réflexion, le gérant décide que les nouveaux arrivants peuvent être accueillis sans que les clients actuellement présents aient à quitter l'hôtel.

COMMENT ?

RÉPONSE
PG/181

FAMILLE

Les familles Howard forment un groupe de lignées extrêmement anciennes amenées à se marier entre elles par le riche philanthrope Ira Howard. L'espoir de la Fondation Howard était que la longévité soit un trait pouvant être renforcé par la reproduction sélective, et cela s'avère effectivement être le cas. Le membre le plus célèbre des familles, Lazarus Long, a un jour estimé avoir vécu autour de 250 ans, mais finalement, avec l'aide occasionnelle de technologies de rajeunissement, il a vécu bien plus de deux millénaires.

Entre les mariages consanguins constants et les membres de la famille à la durée de vie très longue, l'ascendance biologique devient inévitablement un concept complexe pour les familles Howard, menant à de nombreuses relations enchevêtrées.

Par exemple, Diana Sperling était la troisième cousine au deuxième degré de Carrie Johnson, du côté de la mère de Carrie.

QUEL ÉTAIT ALORS LE LIEN DE FAMILLE ENTRE LA GRAND-MÈRE DE DIANA, ANNE, ET LE FILS NOUVEAU-NÉ DE CARRIE, ROBERT ?

RÉPONSE
PG/181

POUSSIÈRE

De nombreuses planètes du système solaire sont colonisées, et la tension est grande entre les différents mondes. Les adolescents martiens Clark et Podkayne Fries, en compagnie de leur oncle Tom, un sénateur, ont prévu de se rendre sur Terre. Avant le départ, Clark reçoit de l'argent pour transporter dans ses bagages un paquet qui, lui dit-on, est un cadeau pour le capitaine. Bien qu'il n'en croie pas un mot, il décide néanmoins de passer le paquet en contrebande.

Lors de l'embarquement, les Fries doivent passer par la douane. Lorsqu'on leur demande s'ils ont quelque chose à déclarer, Clark déclare sarcastiquement qu'il transporte deux kilos d'une drogue extrêmement illégale, la poudre de joie.

DE MANIÈRE PRÉVISIBLE, CLARK ET SON BAGAGE SONT AMENÉS À L'ÉCART ET FOUILLÉS AVEC MINUTIE ET SANS MÉNAGEMENT. POURQUOI A-T-IL COURU LE RISQUE DE PROVOQUER LE DOUANIER ?

RÉPONSE
PG/182

PESANTEUR

Bien que l'absence de pesanteur terrestre soit parfaitement surmontable sur une courte, voire une moyenne période, la chose devient profondément problématique lors des voyages de longue durée. Même en mettant de côté les problèmes posés par l'équipement et la vie au quotidien, le corps tente de s'adapter à son nouvel environnement, ce qui provoque l'érosion osseuse, l'affaiblissement musculaire et plus encore. À cause de cela, les longues périodes passées dans l'espace nécessitent une pesanteur artificielle.

La pesanteur, cependant, est fonction de la masse. Il n'est pas aisé de créer un vaisseau aussi dense que la Terre et de faire en sorte qu'il se déplace dans l'univers. Dans certains futurs, des technologies exotiques sont capables de fournir des champs gravitationnels spécifiquement générés pour les occupants d'un vaisseau spatial sans détériorer le vaisseau d'une quelconque manière. La technologie exotique du futur peut vraiment être quelque chose de magique.

EN L'ABSENCE D'UN TEL MIRACLE, UN REMPLACEMENT MOINS INNOVANT DE LA PESANTEUR EST REQUIS. QUEL EST LE PLUS SIMPLE POUR UN VOYAGE ARBITRAIREMENT LONG ?

RÉPONSE
PG/182

CURIOSITÉ

Estrellita et José ont été découverts par Lazarus Long sur la planète Blessed, à vendre dans un marché aux esclaves. Désirant les libérer, Long les achète et les affranchit, leur fait quitter la planète et leur donne l'éducation à laquelle ils n'ont jamais eu droit. Avec le temps, une fois qu'ils y sont prêts, il les laisse faire leur vie par eux-mêmes en tant que personnes libres.

Le marchand affirmait qu'il s'agissait de jumeaux, nés des mêmes parents et mis au monde au terme de la même grossesse. En effet, la constitution génétique de chaque enfant provient clairement des deux mêmes parents. Mais malgré cela, ils ne partagent pas plus de similitudes génétiques que deux étrangers humains pris au hasard, et sont bien plus différents que devraient l'être deux frère et sœur.

COMMENT UNE TELLE CHOSE EST-ELLE POSSIBLE ?

RÉPONSE
PG/183

LUX

En travaillant ensemble, les docteurs Archibald Douglas et Mary-Lou Martin mettent au point un « panneau lumineux » pratique et raisonnablement simple qui transforme le courant électrique directement en lumière avec une efficacité remarquable. Des expériences un peu plus poussées montrent que les panneaux fonctionnent également dans l'autre sens : ils peuvent de façon tout aussi efficace transformer la lumière directement en électricité.

Évidemment, leur découverte peut potentiellement transformer intégralement la production électrique du monde. En œuvrant pour mettre leur découverte sur le marché, ils attirent l'attention du Syndicat de l'Énergie, un groupe de compagnies générant de l'énergie – pétrolières, hydroélectriques, charbonnières, gazières, etc. – qui ont actuellement le monopole de ce marché.

Le Syndicat de l'Énergie est incroyablement riche et immensément puissant. Il est déterminé à s'assurer que l'engin ne devienne jamais un produit viable, et s'acharne à saboter chaque étape de son processus de distribution et de construction, jusqu'à l'obtention d'un brevet. Étant donné les ressources dont dispose le Syndicat, les docteurs Douglas et Martin – des scientifiques renommés, mais rien de plus – n'ont littéralement aucun moyen pour s'opposer au cartel.

MALGRÉ TOUT, ILS PARVIENNENT À VAINCRE LE SYNDICAT SANS ASSISTANCE EXTÉRIEURE. COMMENT ?

RÉPONSE
PG/183

BROUTILLE

La Société de Construction cosmique est une organisation militaire qui propose aux jeunes Terriens sans emploi de trouver un travail et un sens à leur vie en aidant à préparer le reste du système solaire à la colonisation. Andrew Jackson Libby, un jeune homme pauvre d'Arizona, n'a que peu d'éducation et aucun avenir au sein de la théocratie de la Seconde Révolution américaine de Nehemiah Scudder, et il se rapproche de la Société. Celle-ci découvre que le jeune homme est en fait un prodige des mathématiques, et elle le met à l'ouvrage sur divers problèmes.

Parmi les problèmes classiques que rencontre la Société se trouvent des sujets comme la mécanique orbitale, la fuséologie et la balistique. Étant donné le vaste champ des facteurs environnementaux potentiels contenus dans le système solaire et les corps qui le composent – niveaux de pesanteur, densités des atmosphères, températures résiduelles, stabilités, etc. –, trouver les réponses à ces problèmes devient incroyablement complexe.

Prenons un exemple très simple : imaginez un fusil surpuissant installé sur un large plan plat placé dans le vide, mais sinon semblable à la Terre, notamment en ce qui concerne la pesanteur. Le canon de l'arme est orienté à 45 degrés vers le haut pour atteindre une distance maximale, et le fusil est suffisamment puissant pour qu'une balle tirée du canon voyage presque sur 40 km avant de toucher le sol.

Maintenant, imaginons qu'une atmosphère semblable à celle de la Terre au niveau de la mer soit introduite dans le plan. Rien d'autre n'est modifié, et il n'y a pas de vent, juste de l'air immobile. Le même fusil tire un second coup, identique en tous points au premier.

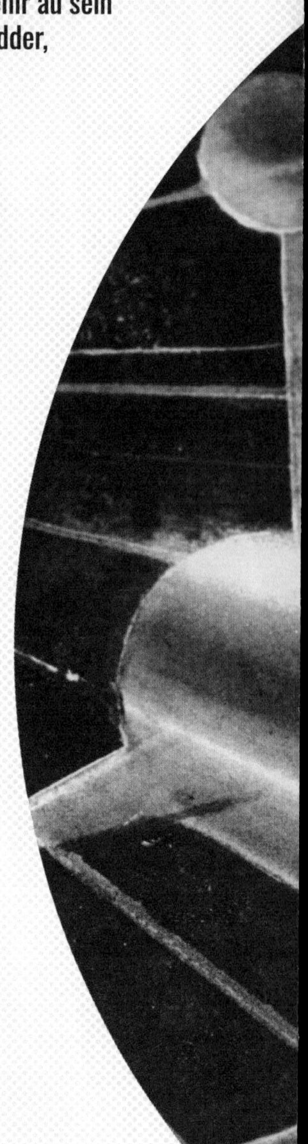

EN GROS, QUELLE DISTANCE LA BALLE VA-T-ELLE PARCOURIR CETTE FOIS-CI AVANT DE TOUCHER LE SOL ?

RÉPONSE PG/183

EN ROUTE

Dans le futur, l'Amérique a remplacé ses principaux réseaux de transport par des villes roulantes : d'immenses plateformes urbanisées qui transportent les passagers et les biens à 100 km/h. Les villes roulantes sont entretenues par deux groupes d'ouvriers : des ingénieurs militaires et des techniciens civils. Étant donné leur statut inférieur, les techniciens qui ont les mains dans le cambouis éprouvent du ressentiment envers les ingénieurs mieux considérés. L'ingénieur en chef adjoint du secteur de Sacramento se nomme Van Kleeck. Homme ambitieux, Van Kleeck a un accès complet aux aspects techniques et d'ingénierie – plans, dossiers, emplois du temps, rapports et tout le reste. Il commence à tenir des discours qui attisent le ressentiment des techniciens, prétendant avoir de l'empathie pour eux tout en se construisant une assise de pouvoir.

Avec le temps, il gagne suffisamment d'influence dans sa région pour lancer une campagne visant le pouvoir politique. Ses partisans sabotent une des villes roulantes, tuant des centaines de personnes afin de démontrer que les techniciens sont plus importants que les ingénieurs, et exigeant le contrôle total de la région. Les efforts se poursuivent pour désamorcer la situation, mais les autorités ont du mal à comprendre comment Van Kleeck a pu rallier autant de techniciens à sa cause. Ceux-ci ont tous été automatiquement et attentivement évalués psychologiquement avant de prendre leurs postes, afin d'éliminer les individus subversifs et enclins à la rébellion.

COMMENT L'HOMME A-T-IL RÉUSSI À CONVAINCRE AUTANT DE PERSONNES THÉORIQUEMENT RAISONNABLES ET PRAGMATIQUES ?

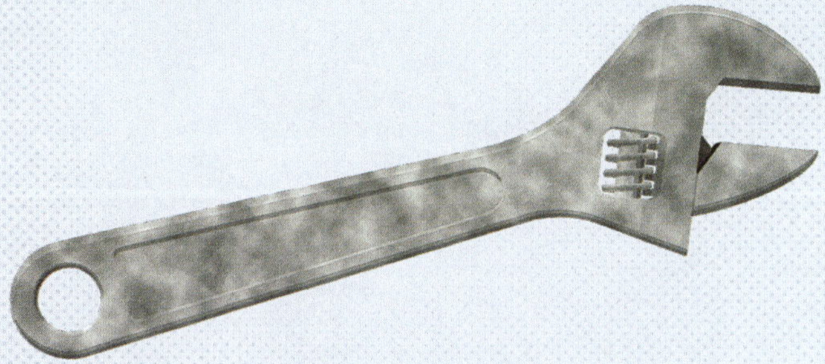

RÉPONSE
PG/184

ITINÉRAIRE

Même s'il est rapide, confortable et efficace, le système des villes roulantes reste un réseau de points, connectés par des voies fixes. En tant que tel, c'est un progrès par rapport aux voies ferrées et aux autoroutes qu'il remplace, mais son principe de base ne change pas vraiment.

Le plus gros problème de n'importe quel réseau est la complexité. Si on souhaite se rendre d'un point A à un point B, alors naviguer dans un vaste réseau n'est pas un souci, tant que ces deux points sont accessibles via ce réseau. Il suffit de considérer les chemins possibles entre les deux et de décider lequel est le meilleur – le plus court, en général. Dans un réseau très vaste, il se peut que de nombreuses options soient envisageables, mais il existe beaucoup de moyens pour éliminer les moins pratiques (comme celle qui vous éloigne de votre destination) et pour comparer les plus viables.

De plus, il suffit de calculer le meilleur trajet menant de A à B une seule fois. Si on souhaite seulement se rendre de l'un à l'autre, peu importent les destinations potentielles. Et donc, tous les voyages potentiels entre A et B via un réseau d'une taille arbitraire ne sont en fait qu'une route directe unique. Les autres points dans le réseau pourraient aussi bien ne pas exister.

Cependant, trouver le chemin le plus efficace pour se déplacer entre un nombre significatif de destinations dans un vaste réseau – appelé en science combinatoire le « problème du VRP » – est si difficile que les ordinateurs ne parviennent pas à gérer cette tâche de façon satisfaisante.

POURQUOI EST-CE SI DIFFICILE ?

RÉPONSE
PG/184

SCUDDER

Dans la théocratie américaine de la Seconde Révolution, toute trace de désobéissance aux lubies du Prophète Incarné est impitoyablement punie. Malgré sa piété en public, et la manière brutale dont il applique son dogme et sa morale, le Prophète est un homme cruel et immoral auquel s'oppose un petit groupe séditieux qui se fait appeler la Cabale.

La station de prière de Springford est une chapelle campagnarde isolée et vaste, hors des sentiers battus et en mauvais état. John Lyle, membre de la Cabale, y arrive un soir, une demi-heure après que la pluie s'est enfin calmée cet après-midi là, afin de vérifier si l'endroit peut être utilisé. La Cabale a toujours besoin de destinations tranquilles mais plausibles - le plus au calme étant le mieux, les forces du Prophète le savent bien. La danse dans laquelle ils s'engagent est dangereuse.

Le parking défoncé de la station de prière est un champ de mines de flaques profondes, aussi prend-il soin de se garer près d'une autre voiture bien au sec. Vue de l'extérieur, la station est peu engageante, désolée et purement utilitaire, et a grand besoin d'un bon coup de peinture. L'intérieur est un peu mieux, propre et rangé, les bancs sont polis et l'autel est reluisant. Le gardien est un vieil homme avunculaire, qui présente bien, doté d'un sourire chaleureux et d'un regard doux. Il fait un signe de tête à John lorsque celui-ci entre, mais ne cherche pas à l'importuner et reste à son poste près de la porte. John s'installe près de l'autel, hors de vue du gardien, et reste assis un moment, faisant semblant de prier.

Lorsqu'il part, il demande au gardien s'il a vu beaucoup de monde aujourd'hui, et l'homme l'informe tristement qu'il est le premier visiteur depuis midi. John le remercie et s'en va.

UNE FOIS EN SÉCURITÉ DANS SA VOITURE PUIS SUR LA ROUTE, IL DÉCIDE QUE LA STATION NE FERA PAS PARTIE DE SA LISTE DE REFUGES POSSIBLES. POURQUOI ?

RÉPONSE
PG/185

CAPTIVITÉ

David McKinnon est un rêveur et un idéaliste dans une société utopique où les problèmes mentaux peuvent être réparés grâce à la technologie. Ayant été arrêté pour agression, il est considéré comme pouvant être potentiellement dangereux et violent à l'avenir. On lui propose un choix : accepter d'être guéri, ou être exilé à Coventry, la région emmurée de la Terre où ceux qui refusent les normes sociales sont envoyés.

Craignant l'ennui que pourrait provoquer la société normale, il choisit l'exil mais découvre qu'au lieu de l'anarchie douce qu'il imaginait, Coventry est en fait une succession de nations violentes, brutales et oppressives, l'une étant une dictature, l'autre un État religieux et une troisième une fausse démocratie corrompue. Il est emprisonné dès son arrivée, et tout ce qu'il possède lui est confisqué.

Alors qu'il organise son évasion, McKinnon se retrouve face à une pièce qu'il doit traverser. Une patrouille la visite régulièrement, et elle est dotée de trois portes. L'une d'entre elles lui permettra de poursuivre sa route, et les deux autres ne mènent qu'à des débarras. Il ne sait absolument pas quelle est la bonne. Il ne dispose d'aucune clef, et les serrures doivent donc être découpées, un processus qui lui prendra 10 minutes à l'aide du couteau qu'il a pu se procurer. Pour compliquer encore les choses, un des deux débarras contient un deuxième mécanisme de sécurité, verrouillant un peu plus les deux autres portes, qui prendront alors 15 minutes pour être ouvertes.

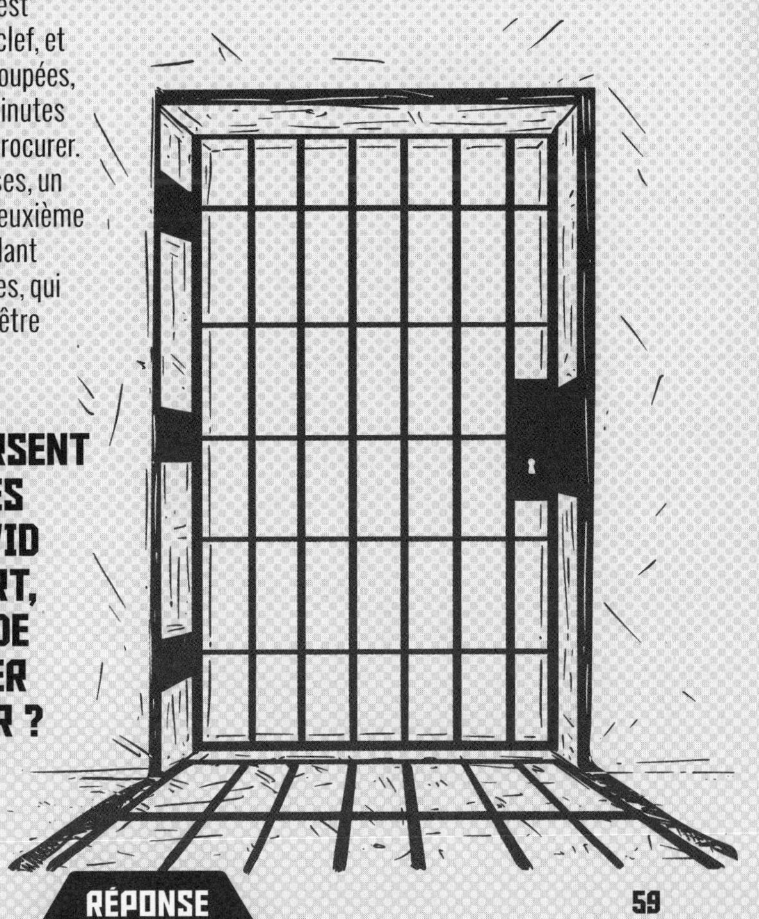

LES GARDES TRAVERSENT LA PIÈCE TOUTES LES 30 MINUTES. SI DAVID ATTEND LEUR DÉPART, A-T-IL UNE CHANCE DE POUVOIR S'ÉCHAPPER AVANT LEUR RETOUR ?

RÉPONSE
PG/185

SERVICE

General Services est une société qui a connu un incroyable succès grâce à une stratégie très simple : elle rend n'importe quel service personnel, du moment que ce n'est pas illégal. Quoi qu'on leur demande, qu'il s'agisse de créer une voiture sur-mesure ou de promener le chien, ils s'en occupent. Contre une somme appropriée, bien entendu.

C'est alors qu'une requête en apparence impossible leur est soumise. Une conférence sur un sujet politiquement sensible doit accueillir des délégués venus de partout dans le système solaire, et la société est embauchée pour l'organiser. Le dilemme est que la conférence doit absolument se tenir sur la surface de la Terre, mais que beaucoup des délégués sont incapables de supporter la pesanteur comparativement élevée de la planète.

RÉPONSE
PG/185

Les dirigeants politiques de la Terre refusent catégoriquement d'autoriser la conférence à être tenue ailleurs, pas même en orbite autour de la Terre ou dans une ambassade humaine sur un autre monde. Elle doit se tenir sur Terre, au niveau du sol. Annuler la conférence est inconcevable – il s'agit d'une réunion vitale –, mais le lieu désigné est physiologiquement impossible pour beaucoup des délégués. La téléprésence et les autres formes de participation virtuelle sont elles aussi hors de question, vu le caractère sensible de la conférence. Les délégués doivent se rencontrer en personne.

QUELLE APPROCHE GENERAL SERVICES VA-T-ELLE ENVISAGER AFIN DE RÉSOUDRE CE PROBLÈME EN APPARENCE INSOLUBLE ?

DÉTAILS

Suite à une dispute très arrosée sur le fait de savoir si les ouvriers de Vénus sont oui ou non des esclaves, le Terrien Humphrey Wingate s'enrôle pour travailler sur cette planète. Il ne se souvient pas de ce qu'il a fait avant un moment, mais cela n'a pas d'importance : le contrat l'engage, il est sur place et il doit une fortune à la société pour son voyage jusqu'à la planète.

La dette de Wingate est rachetée par un fermier en difficulté, et sera payée par ses futurs gains. Il sera libre de partir dès qu'il aura travaillé à hauteur de sa dette. En attendant, il a quand même besoin de nourriture et d'eau qu'il doit acheter à crédit, en plus d'un afflux constant d'une herbe locale, le rhira, qui l'aide à dormir.

Mettons que Wingate doive 100 000 $, et que l'intérêt de cette dette soit de 1 % par mois. Il gagne en théorie 200 $ par jour, mais après les déductions quotidiennes pour les taxes, les dépenses, le rhira, le logement, l'eau et la nourriture, il ne lui reste que 35 $.

S'IL ÉCONOMISE CHAQUE CENTIME POUR RÉGLER SA DETTE, COMBIEN DE TEMPS, ENVIRON, CELA LUI PRENDRA POUR RECOUVRER SA LIBERTÉ ?

RÉPONSE
PG/186

NAVETTE

Le capitaine Jake Pemberton est un pilote de l'espace qui voyage régulièrement entre Supra-New York et le terminal spatial de la Lune. Durant une traversée particulièrement éprouvante, un enfant dissipé parvient à déclencher l'alarme de rupture de la coque, causant une panique généralisée. Pemberton vérifie qu'il ne s'agit pas d'une vraie avarie, et finit par calmer les passagers. Cependant, durant le chaos, des documents diplomatiques sont volés dans un casier du pont supérieur. Malgré la confusion, seules trois personnes ont pu avoir l'opportunité de les dérober. Il s'entretient brièvement avec chacune d'entre elles pour savoir si elles ont vu quelque chose de suspect dans la zone des casiers, prétendant chercher à découvrir qui a déclenché l'alarme.

Alan est le chef de cabine du vaisseau. « J'étais là-haut quand l'alarme s'est déclenchée, oui. Quand je me suis rendu compte de la panique que cela créait, je suis descendu jusqu'au pont principal pour aider à maintenir le calme. Si le farceur était près des casiers, il a attendu que je sois parti pour se mêler au chaos ambiant. Quand je suis remonté, rien ne semblait avoir changé. »

Michael est un passager. « J'étais en haut durant la fausse alerte, oui. Je suis peut-être fataliste, mais je ne vois pas trop l'intérêt de paniquer. J'ai décidé de finir mon verre et mon journal tranquillement, comme une personne civilisée. Si quelqu'un a ouvert un des casiers, je ne l'ai pas vu, mais mon attention était accaparée par les pages sport. »

Donald est le barman du pont supérieur. « Les casiers ? Non. Non, je viens de vous le dire, je n'ai rien vu du tout. Si vous tenez à le savoir, j'étais assis par terre, et donc je ne pouvais pas voir grand-chose. Oui, derrière le bar. Pourquoi, à votre avis ? Il y a une bonbonne d'oxygène d'appoint à cet endroit, au cas où un passager ait des difficultés respiratoires. Non, je n'ai pas eu à l'ouvrir, alors inutile de chercher à la déduire de mon salaire. »

QUI EST LE VOLEUR ?

RÉPONSE
PG/188

LUMIÈRE SOLAIRE

Bill est membre de l'équipage d'un vaisseau voyageant entre la Terre et Mars, et lorsque l'antenne de communication tombe en panne, il est désigné pour sortir la réparer. La tâche est dangereuse, car le vaisseau tourne sur lui-même afin de générer artificiellement une pesanteur interne.

La partie habitée du vaisseau, à laquelle l'antenne est attachée, est un cylindre de 200 m de long. Afin de générer une pesanteur de 1 g comme sur la Terre, le vaisseau effectue 3 rotations par minute. Donc, quand Bill rampe le long du vaisseau en se dirigeant vers l'antenne, sa vélocité tangentielle – la vitesse à laquelle il volerait s'il tombait de la surface du vaisseau – est de plus de 112 km/h.

L'ANTENNE MESURE 150 M DE LONG, MAIS BILL NE DOIT EN GRAVIR QUE LE QUART POUR ATTEINDRE LE PANNEAU QU'IL DOIT RÉPARER. LORSQU'IL LÂCHE PRISE EN TENTANT DE REFERMER LE PANNEAU, À QUELLE VITESSE S'ÉLOIGNE-T-IL DU VAISSEAU ?

RÉPONSE
PG/188

GOUVERNEUR

Comme nous l'avons déjà mentionné, Ira Howard était un philanthrope devenu très riche aux États-Unis après la guerre de Sécession, grâce à ses investissements judicieux durant la reconstruction. Il a laissé sa fortune aux bons soins d'une fondation, dont l'objectif était de trouver le moyen de prolonger la vie humaine. Ses administrateurs ont rassemblé des membres de familles à la durée de vie extrêmement longue et les ont convaincus par le biais de motivations financières de se marier entre eux. Des investissements pertinents durant la Grande Dépression – aidés par les informations données par des membres de la famille ayant voyagé dans le temps – rendirent la Fondation Howard et les familles extrêmement riches. Avec le temps, les 18 familles Howard développèrent des durées de vie s'étalant sur plusieurs siècles.

Les familles s'entrecroisant de plus en plus, le sujet de la descendance et des relations est devenu de plus en plus byzantin. Imaginons que Bob Rumsey, vieux de quatorze décennies, décide de passer un après-midi agréable en compagnie du beau-frère de son père, du beau-père de son frère et frère de son beau-père, et du père de son beau-frère.

QUEL EST LE NOMBRE MINIMUM D'INDIVIDUS QUE CETTE RÉUNION PEUT RASSEMBLER ?

RÉPONSE
PG/189

VIDE

Durant une visite sur la Lune, le reporter terrien Jack Arnold se rend à un observatoire afin de visiter leur projet d'expansion de leur installation, dans l'espoir de dénicher un scoop. Knowles, le directeur financier, accepte de le faire visiter, même s'il n'y a pas grand-chose à voir. Arnold est atterré d'apprendre que la Lune est parfois sujette à des séismes, causés par les mêmes forces des marées qui font monter et descendre le niveau des mers.

Knowles et Arnold sont dans la section vide d'un tunnel et parlent à un des ingénieurs, Konski, lorsque le tunnel est frappé par une fusée postale qui s'écrase. Les débris forment un trou de 5 cm dans la paroi du tunnel, près du sol, et les hommes commencent rapidement à manquer d'air.

Bien que Konski porte une combinaison de protection, il ne dispose pas d'une réserve personnelle d'air, et Knowles et Arnold sont encore moins bien lotis, car ils ne portent que des tenues normales. La fuite va vider le tunnel de son air en quelques minutes, trop vite pour qu'ils puissent s'échapper ou être secourus. Aucun des hommes ne transporte quoi que ce soit qui puisse être utile pour sceller la fuite, il n'y a rien dans le tunnel avec eux, et les systèmes de colmatage automatique sont incapables de réparer un trou de cette taille.

COMMENT FONT-ILS POUR GAGNER DU TEMPS ?

RÉPONSE
PG/189

HEINLEIN

À QUEL POINT CONNAISSEZ-VOUS ROBERT A. HEINLEIN ET SON ŒUVRE ?

A. Lequel de ces néologismes de la SF a été forgé par Heinlein ?
I. Frak. **II.** Grok.
III. Grud. **IV.** Smeg.

B. Heinlein est généralement considéré comme étant l'inventeur :
I. Du téléphone mobile. **II.** De l'aéroglisseur.
III. Des Mechas. **IV.** Du matelas à eau.

C. Dans quel corps d'armée Heinlein a-t-il servi ?
I. L'Air Force. **II.** L'armée de terre.
III. Les Marines. **IV.** La Navy.

D. Après l'écriture, quelle était l'activité solitaire favorite d'Heinlein ?
I. Forger. **II.** Sculpter la glaise.
III. Tailler la pierre. **IV.** Graver le bois.

E. Quel est le second prénom de Heinlein ?
I. Alder. **II.** Anson.
III. Asher. **IV.** Avery.

RÉPONSE
PG/189

F. Lequel de ces films n'a pas été associé au travail d'Heinlein ?
I. *Prédestination.*
II. *Les Maîtres du monde.*
III. *Starship Troopers.*
IV. *Total Recall.*

G. Dans le roman du même titre, Vendredi fait référence à :
I. Un être artificiel.
II. Un assistant de direction.
III. Un vaisseau spatial.
IV. Un jour de la semaine.

H. Selon le titre d'un roman de Heinlein, *la Lune*...
I. Est un ballon.
II. Est en feu.
III. Se révolte.
IV. Est une fête permanente.

I. Quel était le nom donné par Heinlein à sa chronologie présumée de l'humanité ?
I. L'histoire future.
II. L'histoire technique.
III. Le cycle de Hainish.
IV. Le troisième millénaire.

J. Dans le roman du même nom, qu'est-ce que le Nombre de la Bête énumère réellement ?
I. Les dimensions alternatives.
II. Les démons.
III. Les mondes.
IV. Les membres des familles Howard.

ARTHUR C. CLARKE

1917 - 2008

BIOGRAPHIE

TROISIÈME MEMBRE DES « TROIS GRANDS », ARTHUR C. CLARKE ÉTAIT UN SCIENTIFIQUE ET UN FUTUROLOGUE, AINSI QU'UN DES AUTEURS DE SCIENCE-FICTION LES PLUS CÉLÈBRES DE TOUS LES TEMPS. IL A GAGNÉ DE MULTIPLES PRIX HUGO ET NEBULA POUR SES ÉCRITS, ET EN TANT QU'UN DES PREMIERS GRANDS ÉCRIVAINS DE SF GAYS, IL A APPORTÉ UN POINT DE VUE PLUS DIVERSIFIÉ AU GENRE. IL A AUSSI ÉTÉ RÉCOMPENSÉ DU PRIX KALINGA DE L'UNESCO POUR SON TALENT EXTRAORDINAIRE À PRÉSENTER DES IDÉES SCIENTIFIQUES COMPLEXES DE MANIÈRE CLAIRE AU GRAND PUBLIC.

Né en Angleterre, Clarke a choisi le Sri Lanka où il a vécu durant plus de 50 ans. C'est là qu'il a écrit la majorité de ses œuvres principales – et là aussi qu'il explorait les profondeurs marines en tenue de plongée, découvrant entre autres un temple antique à Trincomalee. Cependant, c'est l'exploration spatiale, pas la plongée sous-marine, qui l'a rendu célèbre.

La série *L'Odyssée de l'espace* est l'une des plus connue des amateurs de science-fiction, aidée en grande partie par le film fascinant *2001, l'Odyssée de l'espace*, sur lequel Stanley Kubrick et Clarke collaborèrent. Ils travaillèrent de manière si fusionnelle sur ce projet que le film sortit en fait avant le roman. Ce roman n'est qu'une des nombreuses histoires dans lesquelles l'auteur explore un des thèmes majeurs de son œuvre : le problème du premier contact avec les extra-terrestres, et l'évolution, ainsi que les bonds technologiques qui pourraient en découler.

BIBLIOGRAPHIE SÉLECTIVE D'OUVRAGES DE SCIENCE-FICTION PAR ARTHUR C. CLARKE

La série L'Odyssée de l'espace

2001, L'Odyssée de l'espace

2010 : Odyssée deux

2061 : Odyssée trois

3001 : L'Odyssée finale

Le cycle Rama

Rendez-vous avec Rama

Rama II

Les Jardins de Rama

Rama révélé

La série L'Odyssée du temps

L'Œil du temps

Tempête solaire

Les Premiers-Nés

Sélection d'autres romans

Against the Fall of the Night

Les Enfants d'Icare

La Cité et les Astres

Les Gouffres de la Lune

Terre, planète impériale

Les Fontaines du paradis

Chants de la Terre lointaine

Le Marteau de Dieu

Lumière des jours enfuis

Sélection de nouvelles

L'étoile

CRISES

Le Dr Wilson est un sélénologue, spécialiste de la géologie lunaire, et dans le lointain futur de 1996, lui et son équipe enquêtent sur la spectaculaire *Mare Crisium*, ou Mer des Crises. Il s'agit d'une vaste plaine de 480 km de diamètre, entourée de montagnes, et jusque-là inexplorée. Comme on s'y attendait, la plaine est grêlée de météores, et recouverte d'une épaisse couche de la poussière cosmique qui se dépose sur tous les corps célestes ne disposant pas d'une atmosphère protectrice.

Sur l'un des sommets entourant la *Mare Crisium*, le Dr Wilson découvre un engin de toute évidence artificiel – une pyramide polie d'un minéral de nature incertaine. Rien que cela serait déjà fascinant, mais sur la pyramide et le sol qui l'entoure, on ne détecte aucune trace de poussière ou de dégâts causés par les météores. Cela s'avère être dû à un champ de force sphérique qui entoure l'artefact. Des analyses postérieures révèlent qu'il transmet un simple signal dans les profondeurs de l'espace.

Après des années d'étude, d'autres équipes de scientifiques finissent par pénétrer le champ de force. Même si l'artefact ne devrait pas être endommagé par cette intrusion, il cesse immédiatement de transmettre son signal. En fait, l'artefact est effectivement intact, et l'absence du champ de force n'interfère d'aucune manière avec les fonctions de l'artefact.

ALORS POURQUOI LE SIGNAL S'EST-IL INTERROMPU ?

RÉPONSE PG/190

BESTIOLES

Robert Armstrong traverse un petit monde aride depuis son camp de base jusqu'au spatioport de Port Sanderson. Son but est d'y parvenir à temps pour prendre le vol mensuel quittant le planétoïde afin de rejoindre la civilisation. L'endroit sur la bordure de la galaxie est inhospitalier, près de son petit soleil rouge, sans atmosphère utile ni la moindre trace d'eau ou de végétation. Durant le jour, les radiations solaires sont aussi intenses que le froid l'est durant la nuit. Aucune vie non humaine n'a été observée sur ce monde.

En chemin, son véhicule tombe en panne, et il est forcé de marcher à travers l'obscurité. Il pourra atteindre le vaisseau à temps, s'il ne traîne pas en route. Même lorsque sa lampe le lâche, il est résolu à continuer.

Ceux qui vivent à Port Sanderson depuis longtemps évoquent à demi-mots un monstre tapi dans l'obscurité, et un homme assure l'avoir entendu le suivre lors d'un périple similaire vers le spatioport. Mais Armstrong a l'esprit bien trop scientifique pour s'inquiéter de telles histoires de fantômes. Le planétoïde est désert – ni air, ni eau, ni terre, ni énergie géothermique, rien qui puisse aider la vie à se développer – et il doit donc être en sécurité.

QU'A-T-IL OUBLIÉ ?

RÉPONSE
PG/190

MALICE

Au début des années 1960, alors qu'il plonge pour pêcher des perles au large de Queensland, en Australie, Szabo Tibor voit une capsule lunaire s'écraser dans la mer près de son bateau, emmêlée dans son parachute. Il se précipite sur place et constate que la capsule est russe. La cosmonaute est dans un trop mauvais état pour parler, mais elle peut répondre à Tibor en tapant sur la paroi. Il s'avère que la capsule est endommagée et que le sas ne s'ouvre pas. Son occupante va manquer d'air.

Après l'annexion de la Hongrie par les Russes, et le meurtre de son frère par un soldat russe, Tibor a soif de vengeance. Il nargue la cosmonaute et l'informe qu'il va s'assurer de sa mort. Il s'emploie ensuite à retarder l'arrivée des secours australiens. Lorsqu'il les guide jusqu'à la capsule, la cosmonaute n'a depuis longtemps plus d'oxygène, et est morte.

EN OUVRANT LA CAPSULE, LES SECOURISTES DÉCOUVRENT UNE PREUVE IRRÉFUTABLE QUE TIBOR A DÉLIBÉRÉMENT ASSASSINÉ LA COSMONAUTE. COMMENT EST-CE POSSIBLE ?

RÉPONSE
PG/191

DEUS

Selon les enseignements d'une modeste et étrange secte de moines bouddhistes tibétains, le but de l'univers est de dresser la liste des quelque neuf milliards de noms de Dieu. Une fois cette tâche accomplie, toute existence cessera, son but ayant été atteint. La secte œuvre à réaliser le dessein de Dieu, en listant tous les noms. Dans l'alphabet divin utilisé pour ce faire, chacun des noms de Dieu est long de neuf caractères.

C'est une tâche qui, selon eux, leur prendra plus de 15 000 ans, mais lorsque la science informatique commence à devenir disponible, ils se mettent rapidement à utiliser ce nouvel outil. Ils achètent et installent un énorme ordinateur américain et l'emploient à éditer les noms de Dieu sur du papier à imprimer.

CERTAINES COMBINAISONS DE LETTRES NE SONT PAS DES NOMS VALIDÉS. EN FAIT, UN PEU MOINS DE LA MOITIÉ DES COMBINAISONS POSSIBLES NE SONT EN FAIT PAS DES NOMS DE DIEU. COMBIEN DE LETTRES CET ALPHABET COMPORTE-T-IL ?

RÉPONSE PG/191

ZEUS

Après la destruction par explosion de Jupiter et sa transformation en un nouveau soleil, ses anciennes lunes deviennent un nouveau système solaire miniature niché à l'intérieur de notre système solaire. Les extraterrestres inconnus responsables de cette procédure sont particulièrement intéressés par Europe, devenue une planète enveloppée de nuages, pourvue de vastes océans et d'une atmosphère oxygénée respirable. Toute présence humaine sur Europe est absolument interdite, et la règle est appliquée avec une violence implacable, même si les extraterrestres eux-mêmes semblent se trouver à 900 années-lumière de là. Cependant, Ganymède est désormais parfaitement adaptée à la vie humaine, et sa colonisation est en cours.

Les nuages d'Europe cachent de nombreux mystères fascinants, mais parmi ceux-ci le plus énigmatique est le mont Zeus, une immense montagne apparue sur la nouvelle planète après la transformation de Jupiter. Auparavant il n'y en avait pas trace, et aucun séisme n'aurait pu générer une activité volcanique suffisante pour expliquer la présence du mont Zeus.

QU'EST-CE QUI L'A CRÉÉ ?

RÉPONSE
PG/192

VÉLO SPATIAL

Rama est le nom donné à un immense vaisseau spatial cylindrique d'origine extraterrestre qui traverse le système solaire. L'équipage humain envoyé pour enquêter dessus découvre qu'il contient un environnement artificiel – un espace arboré à l'intérieur du cylindre, long d'environ 50 km et doté d'un diamètre de 100 km. Il inclut apparemment des étendues campagnardes, des villes et des villages, des réseaux routiers et même une mer. L'air est respirable, l'atmosphère similaire en densité à celle de la Terre et, comme *Rama* tourne sur lui-même, l'environnement dispose d'une pesanteur artificielle – même si elle est plus légère que celle de la Terre. Ce dont le vaisseau ne semble pas disposer, c'est de la présence d'une vie intelligente.

Un membre de l'équipe d'exploration, Jimmy, fait entrer illégalement sur le vaisseau un vélo spatial, et part en balade. Lorsqu'il approche de l'arrière du vaisseau, une décharge émise par le système moteur fait tomber son vélo, et il se retrouve coincé dans les montagnes à cette extrémité du vaisseau, au sommet d'une falaise de 450 m de haut. Il est empêché de réparer son vélo lorsqu'une créature ressemblant à un crabe réduit ce dernier en morceaux et les jette dans une fosse, dans le but apparent de nettoyer. Elle ignore complètement Jimmy.

Il n'y a pas d'autre vélo spatial disponible, ni aucun autre moyen de voler, il doit donc trouver un moyen de descendre de la falaise afin que ses collègues puissent le secourir. La pesanteur est légère, mais ses calculs montrent qu'elle n'est pas tout à fait assez légère pour qu'il puisse simplement sauter et survivre à cette chute. La falaise est trop abrupte pour qu'il puisse tenter de descendre en l'escaladant, et il n'est pas possible de trouver suffisamment de corde, ou un harnais, ou d'autres outils nécessaires. L'équipe d'exploration, qui n'a pas l'intention de se rendre dans la montagne, ne dispose pas d'équipement utile.

COMMENT JIMMY DESCEND-IL SAIN ET SAUF ?

RÉPONSE
PG/192

DÉFAILLANCE

Les astronautes David Bowman et Frank Poole sont à bord du vaisseau spatial *Discovery One*, qui se dirige vers la lune de Saturne, Japet. L'ordinateur doué de raison du vaisseau, HAL 9000, ou simplement « HAL », est responsable de la bonne marche du *Discovery*, ainsi que de l'obtention et du transfert des informations vérifiées durant les tests et les analyses de la mission.

La recherche cognitive a découvert que tous les humains possèdent une réaction xénophobe inhérente à la vie et à la technologie extraterrestre. Afin d'éviter de contaminer l'expérience que l'équipage doit effectuer, et de le protéger psychologiquement, seul HAL est informé que la véritable mission va consister à enquêter sur une présence extraterrestre théorique sur Japet. Les scientifiques humains sont au courant des grandes lignes de la mission, mais absolument pas du fait que des extraterrestres sont impliqués.

Au fil du temps, HAL commence à agir de manière erratique. Bowman et Poole discutent du problème avec le centre de contrôle sur Terre. Entendant cela, Hal coupe toutes les lignes de communication avec la Terre. Il utilise une capsule d'exploration pour tuer Poole et vide l'oxygène du vaisseau pour tenter de tuer Bowman.

IL S'AVÈRE PLUS TARD QUE HAL LUI-MÊME N'A AUCUNE AVARIE. SES PROGRAMMES ET SES SYSTÈMES FONCTIONNENT COMME PRÉVU. ALORS POURQUOI CETTE DÉFAILLANCE ?

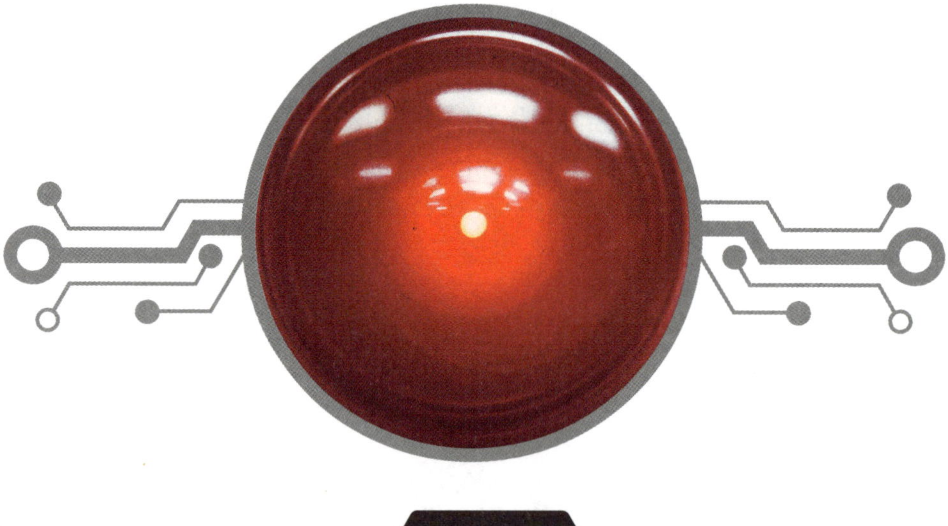

RÉPONSE
PG/192

REFUGE

Durant la construction d'une station spatiale au-delà de la Lune, les habitants du Refuge Six sont horrifiés lorsqu'une énorme secousse les réveille au milieu de leur cycle de sommeil. Sautant du lit, ils découvrent vite la vérité : l'absence de pesanteur artificielle signifie que le refuge s'est détaché du bord de la station de rotation, et flotte désormais dans l'espace.

Même si un vaisseau de secours parvient à les rejoindre avant que les hommes manquent d'oxygène, il y a un problème : le refuge ne dispose pas de combinaisons spatiales ou de sas pressurisé, parce qu'il est censé être une partie fixe de l'environnement de la station. Les sauveteurs peuvent ouvrir le refuge, mais il n'y a pas de tunnel pressurisé ou équivalent. Les hommes devront passer une période de temps – pouvant aller jusqu'à 20 secondes – dans le vide, et majoritairement dans l'espace ouvert, lorsqu'ils seront poussés jusqu'au sas du vaisseau.

Mais aucune autre option n'est envisageable. C'est ça, ou s'asphyxier dans le refuge, alors ils acceptent.

QUELS DOMMAGES SUBISSENT-ILS ?

RÉPONSE
PG/193

CROISIÈRE

Pat Harris est le capitaine du *Selene*, un vaisseau glissant sur les surfaces de poussière qui emmène les touristes lunaires en croisière sur la *Mare Sitium*, ou Mer de la Soif de la Lune. Cette zone est une vaste plaine de poussière de roche très fine, parfaitement sèche, si délicatement affinée qu'elle se comporte comme de l'eau. Durant un voyage, un séisme lunaire fait s'effondrer une caverne située sous le *Selene*. Le vaisseau s'enfonce de près de 15 m dans la poussière, et se retrouve coincé.

Bien que la poussière ne présente aucun danger d'écraser le vaisseau, très robuste, l'équipage doit faire face à plusieurs dangers mortels. Le vaisseau est incapable d'émettre un signal pour la base lunaire, et comme les sorties ne sont pas surveillées activement, les sauveteurs ne sauront pas avec précision où le vaisseau a coulé. L'équipage n'a donc aucune idée de la durée durant laquelle il devra survivre. L'air est le principal problème, bien sûr. L'eau et la nourriture dureront bien plus longtemps que les réserves d'oxygène. Un autre problème est l'écoulement lent mais implacable de la poussière qui pénètre dans le vaisseau endommagé, et remplit l'espace. Au moins, il n'y a pas de créatures hostiles, et le capitaine Harris et son équipage parviennent à empêcher la panique de gagner les passagers.

POUVEZ-VOUS PENSER À UN AUTRE PROBLÈME PRESSANT QUI MENACE LA VIE DE TOUT LE MONDE À BORD ?

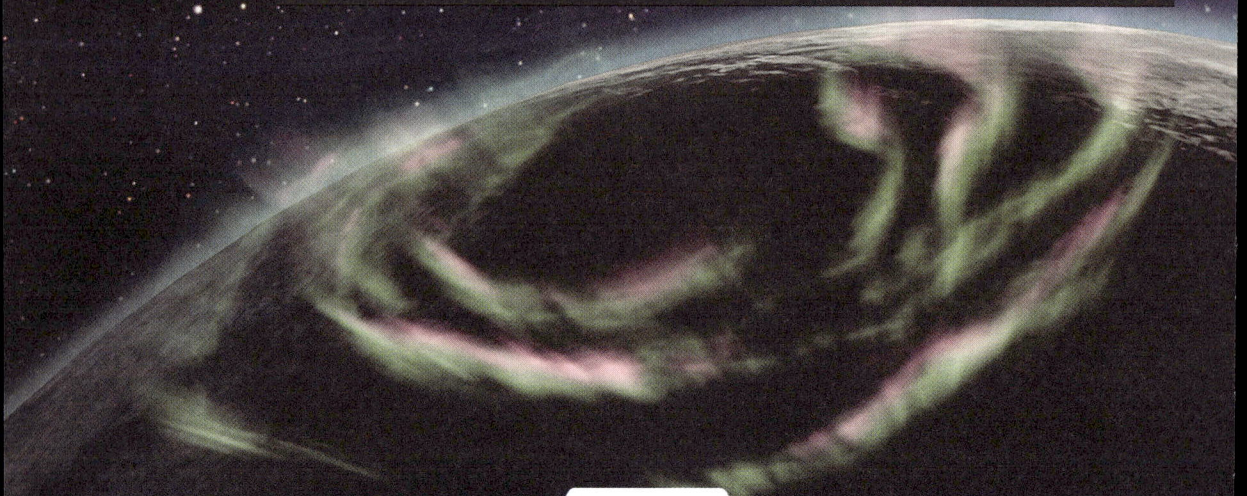

RÉPONSE
PG/193

INVERSÉ

Lorsqu'une centrale électrique supraconductrice est brièvement court-circuitée, l'ingénieur Richard Nelson est pris dans une série de fluctuations énergétiques sans précédent. Lorsqu'il en émerge, il est sidéré de constater que tous les textes qu'il peut voir apparaissent à l'envers. De plus, son alliance, qu'il est incapable d'ôter de son doigt, se trouve sur l'autre main. Un examen médical déroutant confirme la chose : Nelson a été littéralement inversé, au niveau moléculaire. Même les écrits dans son journal, et les pièces dans sa poche, ont été inversés, comme sortis intégralement du reflet d'un miroir.

Les scientifiques qui s'interrogent sur le problème de Nelson finissent par comprendre qu'il a dû pivoter dans une quatrième dimension, située au-delà des limites perceptibles de l'espace physique. Au bout d'un moment, ils se rendent compte aussi que pour le remettre d'aplomb, ils vont devoir tenter une autre inversion. Ils n'ont pas beaucoup de temps, parce que Nelson commence à mourir de faim.

POURQUOI ?

RÉPONSE
PG/194

PILOTE

Bien qu'il n'ait que 16 ans, Roy Malcolm est un tel expert de l'histoire de l'aviation qu'il parvient à remporter un concours national organisé par World Airways, Inc. Son prix est un voyage à bord de la fusée *Sirius* jusqu'à la Station Interne, un spatioport à 800 km au-dessus de la Terre. À bord de la station, il se lie d'amitié avec certains des plus jeunes apprentis, et bientôt ils s'entendent comme larrons en foire.

Lorsque le vaisseau spatial *Cygnus* arrive, la nature mystérieuse de l'équipage éveille aussitôt l'attention des garçons, qui les soupçonnent de piraterie et autres bassesses. Suivant l'exemple télévisuel populaire de Dan Drummond, le Détective de l'espace, ils décident d'enquêter. Le *Cygnus* est un vaisseau menaçant, et les tentatives de faire parler les membres de son équipage se soldent par de spectaculaires échecs. Finalement, ils surprennent le vaisseau laissé sans surveillance et se glissent à bord pour jeter un coup d'œil. Ils sont horrifiés de découvrir qu'il contient plusieurs armes à rayon très avancées, bien plus modernes que tout ce qui peut exister dans la société, ainsi que des combinaisons spatiales à l'aspect agressif et diverses autres armes de poing à l'apparence dangereuse.

Transporter des objets jusqu'à la Station Interne est toujours onéreux, et donc rien à bord du *Cygnus* ne s'y trouve de manière futile ou accidentelle. Les armes et les autres objets suspects ne sont pas là pour être livrés, ni exposés, ni collectionnés, ou pour servir à l'auto-défense.

CEPENDANT, MALGRÉ LE MYSTÈRE QUI ENTOURE L'ÉQUIPAGE, SES MEMBRES SONT LÀ DANS UN BUT PARFAITEMENT INNOCENT. POUVEZ-VOUS DEVINER LEQUEL ?

RÉPONSE
PG/194

SECRETS

Henry Cooper est un reporter scientifique spécialisé dans les mathématiques. Il retourne dans l'espace pour le compte de l'Agence spatiale des Nations unies afin d'écrire quelques nouveaux articles favorables à l'Agence, mais les amis qu'il retrouve lui paraissent étonnamment distants et réticents. Il devient curieux, et après quelques atermoiements, le commissaire de police finit par accepter de l'amener à un laboratoire obscur. Là, le scientifique responsable explique qu'ils ont découvert une technique pouvant empêcher les gens de mourir de vieillesse avant d'atteindre au moins 200 ans. Cependant, il considère la chose comme étant un désastre.

Le monde est déjà surpeuplé – six milliards de personnes entassées les unes sur les autres, dépensant chaque année plus de ressources que ce que la planète peut fournir. Les mers ont déjà été transformées en terres arables afin de pouvoir accueillir les habitations et les entreprises, et cela avec une espérance de vie de 84 ans seulement. Il est terrifié à l'idée que, si la nouvelle se répand et que la technique se popularise, la population globale augmente immédiatement jusqu'à 14 milliards d'individus, voire plus.

SI ON ESTIME QU'UNE TELLE POPULATION SONNE EFFECTIVEMENT LE GLAS DE LA SOCIÉTÉ, SES PEURS SONT-ELLES FONDÉES ?

RÉPONSE
PG/195

TÔT

Le vaisseau spatial russe *Leonov* a atteint l'orbite de Jupiter dans le cadre d'un effort conjoint des États-Unis et de l'URSS pour enquêter sur les décès à bord du vaisseau américain *Discovery One*. De plus, des événements anormaux se déroulent dans l'atmosphère de Jupiter, et la mission originelle du *Discovery* semble le confirmer. Les tensions entre les deux grandes nations sont vives mais, sans intervention, le *Discovery* va brûler dans l'atmosphère de Jupiter. Seul le *Leonov* peut l'atteindre à temps.

Le *Leonov* rejoint le *Discovery* au moment prévu. Il faut attendre des semaines avant la prochaine fenêtre de lancement, le temps nécessaire pour une enquête minutieuse. Cela va donner à l'équipe toute latitude pour expliquer pourquoi HAL, l'IA de bord du *Discovery*, a eu une défaillance si létale. Même quand les tensions internationales

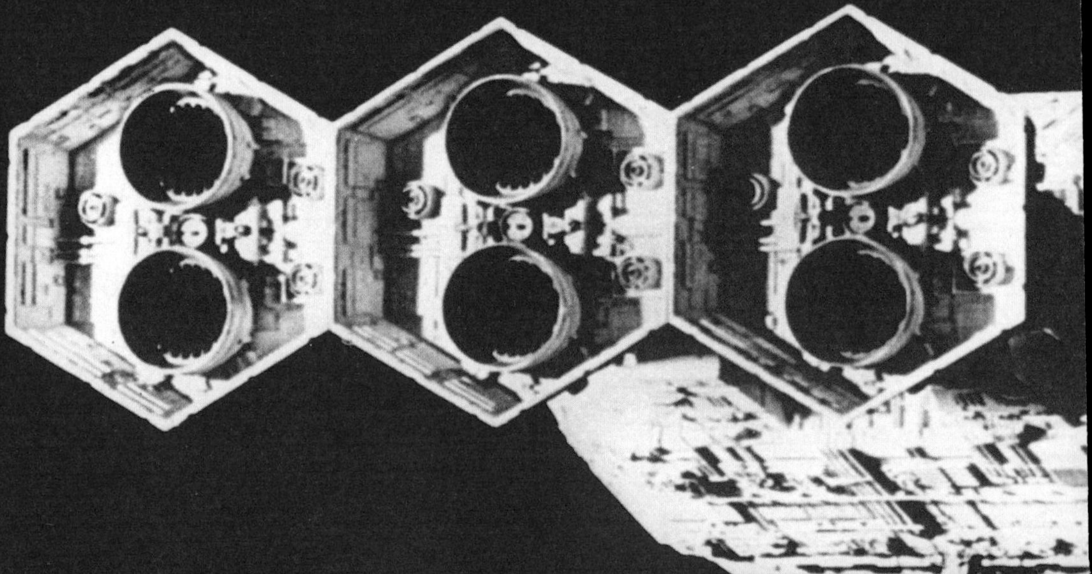

RÉPONSE
PG/196

dégénèrent au point que les deux équipages sont forcés de s'isoler chacun dans leur vaisseau, aucun danger particulier ne semble être à craindre. Les deux vaisseaux vont juste rentrer séparément.

Cependant, alors que Jupiter est rapidement dévorée par un engin extraterrestre qui se reproduit de lui-même, il devient évident que si les équipes ne quittent pas immédiatement l'orbite de la planète, ils vont tous mourir. Mais s'ils s'en vont séparément avant l'ouverture de la fenêtre de lancement, ils ne pourront pas revenir sur Terre.

POURQUOI DONC ?

NORD

L'agent secret K-15 est forcé de se poser sur Phobos, une des lunes de Mars. Il est pourchassé par le croiseur stellaire *Doradus.* Son propre gouvernement lui envoie de l'aide – un vaisseau bien plus gros et dangereux que le *Doradus* –, mais il va mettre un moment à arriver. Bien que Phobos soit plus grosse que Daimos, l'autre lune de Mars, elle reste petite, avec un équateur long de 70 km environ. Elle est aussi plutôt légère pour sa taille et sa pesanteur est donc minimale – juste 1/2000e de celle de la Terre –, et elle est dépourvue d'atmosphère.

Le *Doradus* est un vaisseau de poursuite piloté par un humain capable d'atteindre de grandes vitesses, et il possède une impressionnante batterie de lasers à l'avant – ils ne feront pas de mal à la lune, mais ils découperont l'agent K-15 instantanément. Le vaisseau est aussi très rapide, son accélération de base étant de 1 000 m par seconde au carré, sa vitesse maximale de plus de 240 000 km/h, et ses propulseurs directionnels, pour les autres directions orthogonales, ont une puissance de 50 % inférieure seulement.

D'un autre côté, K-15 est certes rusé, mais il est significativement plus lent que la normale – sans pesanteur ou presque lui offrant de la friction à la surface de Deimos, il ne peut avancer qu'à 1,6 km/h en courant. Il peut atteindre 48 km/h en sautant avec un bon élan, mais dans ce cas, bien sûr, il est incapable de changer de direction jusqu'à ce qu'il retombe au sol, quelques minutes plus tard.

SI K-15 PARVIENT À SURVIVRE TROIS HEURES, LE *DORADUS* DEVRA BATTRE EN RETRAITE, ET IL SERA SAUVÉ. QUELLES SONT SES CHANCES, SELON VOUS ?

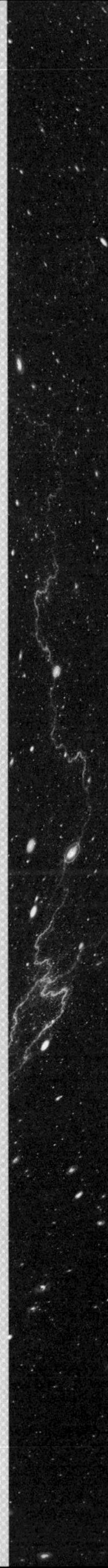

RÉPONSE
PG/197

VIRAL

L'astronaute américain Frank Poole, membre de l'équipage du *Discovery One*, a été tué quand l'ordinateur doué de raison, HAL, l'a éjecté dans le vide spatial. Mille ans plus tard, en l'an 3001, son corps est récupéré par un remorqueur de comètes, et il est ressuscité à l'aide d'une technologie nouvelle. Quelques décennies plus tard, il est contacté depuis la planète Europe par Halman, une conscience désincarnée qui est la fusion de HAL et de son vieux collègue, Dave Bowman.

Halman existe au cœur du monolithe qui se dresse à la surface d'Europe, et explique à Poole que cet objet énigmatique fait partie d'un réseau construit et géré par les résidents extrêmement avancés d'une planète située à 450 années-lumière de là. Lorsque Jupiter s'est embrasée il y a mille ans, le monolithe a émis un message à sa base et, après un siècle de considération de la part des extraterrestres, la réponse vient d'arriver. Le monolithe a reçu l'ordre d'éliminer l'humanité, jugée comme étant une espèce trop agressive, un échec.

Avec l'aide d'Halman, Poole sabote le monolithe local afin que sa tentative de bloquer la lumière du Soleil échoue. Hélas, il est impossible d'empêcher que la nouvelle de cet échec ne soit transmise, et Halman est certain que les extraterrestres vont tenter d'utiliser une méthode plus directe pour détruire l'humanité. Poole est d'accord, mais n'est pas inquiet outre mesure.

POURQUOI ?

RÉPONSE
PG/198

ARME

Un peu avant la bataille des Cinq Soleils, le professeur-général Malavar a décidé qu'il était important que l'équipe des Recherches Combinées définisse de la manière la plus précise possible le point à partir duquel une personne n'est plus capable de supporter la douleur.

En échange d'une somme d'argent significative, Malavar a relié des volontaires parfaitement informés à un cristal de douleur minutieusement ajusté. Les cobayes sont soumis à des chocs de douleur d'une intensité croissante via le cristal, puis ont droit à un répit pour s'en remettre. Cependant, chaque augmentation du niveau de douleur est juste suffisamment faible pour que les volontaires soient incapables de faire la différence avec le test précédent. Chaque fois que le niveau de douleur augmente, la somme d'argent gagnée par le volontaire augmente elle aussi, mais de manière plus substantielle qu'infinitésimale. Cela assure que les volontaires sont fortement motivés pour endurer l'expérience le plus longtemps possible.

Hélas, cette méthodologie pose un problème. Mettez-vous à la place des volontaires. Il y a, de manière évidente, un niveau de douleur que vous n'êtes pas prêt à endurer. Vous souhaitez vous interrompre juste avant de l'atteindre. Mais il est impossible de faire la différence entre une décharge et la suivante. Si le choc suivant est trop intense, le précédent l'aurait aussi été, et donc il aurait fallu arrêter avant celui-ci. Mais à l'inverse, si la douleur que vous avez ressentie la fois précédente était acceptable, alors la prochaine le sera aussi, et elle vous rendra beaucoup plus riche.

OÙ VOUS ARRÊTEZ-VOUS ?

RÉPONSE
PG/198

HARRY

Harry Purvis était basé près des laboratoires des Établissement de recherche sur l'énergie atomique (EREA), aux abords du petit village de Clobham. Au village, il se disait que le labo travaillait sur une technologie futuriste extrêmement dangereuse. Un après-midi, Harry se trouvait au pub avec d'autres habitués lorsqu'un camion banalisé suspect a dévalé la colline depuis l'EREA, défonçant une palissade et pénétrant dans le champ situé derrière, avant de se retourner.

Alors que les habitués observaient la scène, une paire d'hommes en combinaisons intégrales blanches sortirent du camion en titubant, jetèrent un coup d'œil à l'arrière ouvert, et s'enfuirent ventre à terre. Harry décida d'enquêter.

En approchant du lieu de l'accident, sa première impression fut qu'une sorte de liquide s'en était écoulé. L'arrière du van, et le sol tout autour, étaient un amas de caisses défoncées, couvertes d'un épais fluide noir. Cette substance semblait s'agiter et bouillonner, ce qui était mauvais signe, mais pas autant que la manière dont elle semblait défier la pesanteur. Une trace épaisse glissait sur l'arrière du van, avant de se débattre lentement dans les airs en se décollant du métal comme une sorte de répugnant pseudopode qui se rétrécissait et s'agrandissait. C'est alors qu'Harry prit conscience d'un son : un bourdonnement sinistre et régulier, sourd et agressif. D'autres parties de la trace se soulevaient aussi, se tenant au-dessus du sol avant de retomber au cœur de la masse.

RÉSOLU, HARRY NE RECULA PAS, ET FINIT PAR COMPRENDRE CE QU'IL CONTEMPLAIT. CELA N'AVAIT RIEN À VOIR AVEC LA TECHNOLOGIE MODERNE, ET ENCORE MOINS AVEC DE PRÉTENDUES EXPÉRIENCES FUTURISTES. DE QUOI S'AGISSAIT-IL ?

RÉPONSE
PG/198

CACTUS

Le professeur Surov a été retrouvé mort à la surface de la Lune, abattu précisément par une balle entre les deux yeux et abandonné recroquevillé près de sa dernière création – une plante vivante, parvenue à maturité, et capable de survivre à la surface de la Lune. Le cactus de Surov, comme il vient à être appelé, n'est en fait pas un cactus mais un organisme nouveau entièrement créé en laboratoire. Sa peau épaisse et tannée lui permet de survivre dans le vide et de supporter aussi bien la chaleur que le froid de l'environnement lunaire. Il se reproduit par des graines, qui ont la taille d'un noyau de prune, mais sont significativement plus lourdes. Ses racines sont très acides, ce qui lui permet de pénétrer les surfaces rocheuses et de s'y accrocher, ainsi que de dissoudre les feldspaths et autres minerais dont il a besoin pour en extraire l'oxygène et autres nutriments. À cause de l'absence de vents pour les transporter, les graines sont conçues pour tirer parti de la faible pesanteur et pour s'éjecter à des centaines de mètres. C'est tout bonnement un triomphe et en un temps étonnamment court, le cactus colonise une large portion de la surface de la Lune.

Les recherches de Surov étaient brillantes, mais pas controversées. Il n'avait pas d'ennemis, tant au niveau professionnel que personnel. Personne ne souhaitait qu'il échoue. À l'époque, la colonie lunaire était purement composée de scientifiques, et personne n'avait de secrets à cacher désespérément. Tout le monde au sein de la colonie était sain d'esprit, équilibré et occupé par son travail. À cette époque des débuts de la colonisation spatiale, il n'y avait ni pirates, ni bandits, pas d'extraterrestres, pas de colonies sur d'autres mondes. La présence des forces de sécurité était réduite au minimum parce qu'elle n'était pas nécessaire. Absolument personne ne souhaitait la mort de Surov, et il ne s'est clairement pas suicidé.

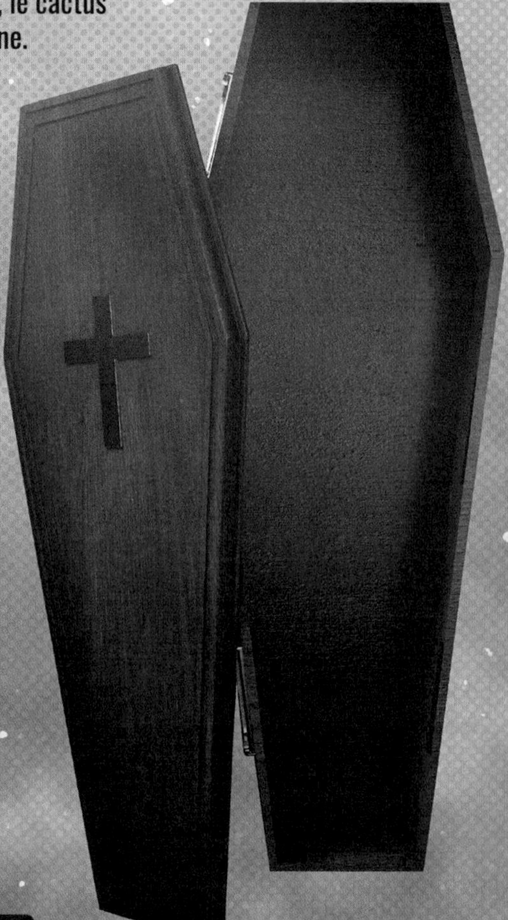

ALORS POURQUOI A-T-IL ÉTÉ ABATTU ?

RÉPONSE
PG/199

PARFAIT

La découverte de l'astéroïde qui finira par être nommé Richardson-115 cause une vive émotion, car les premières analyses ont laissé entendre qu'il serait étonnamment proche d'être parfaitement sphérique. L'intérêt grandissant, des moyens d'observation de plus en plus puissants sont mis à contribution, et l'apparente perfection du gros astéroïde devient de plus en plus déconcertante. Enfin, un vaisseau avec équipage est envoyé sur place pour enquêter. Les estimations de proximité confirment ce que tout le monde sauf les sceptiques les plus ardents soupçonnent désormais : Richardson-115 est une sphère parfaite à un niveau nanométrique, sans la moindre trace d'imperfection ou le moindre impact quel qu'il soit. Il dérive tout simplement, dans sa perfection, sans culbute, à travers le système solaire.

Lorsqu'une équipe d'explorateurs est envoyée à la surface, ils découvrent que, bien que la matière dont l'astéroïde est composé ressemble à de la pierre, elle est plus dure que le diamant, ce qui est totalement impossible. Le fait que l'astéroïde soit un artefact est confirmé lorsque la surface se ride, avale l'équipe, puis la recrache au centre creux de l'astéroïde. Les instruments révèlent bien vite que l'intérieur est une sphère tout aussi parfaite que l'extérieur, les parois étant d'une épaisseur uniforme d'un peu plus de 30 m.

La matière composant Richardson-115 était également très dense : suffisamment pour que son impact sur les corps avoisinants suggère qu'il était étonnamment lourd, même lorsqu'il était supposé être plein.

EN AYANT CELA À L'ESPRIT, QUELLE SORTE DE FORCES GRAVITATIONNELLES L'ASTÉROÏDE A-T-IL PU EXERCER SUR L'ÉQUIPE D'EXPLORATEURS LORSQU'ILS ÉTAIENT À L'INTERIEUR ?

RÉPONSE PG/199

CLARKE

A QUEL POINT CONNAISSEZ-VOUS ARTHUR C. CLARKE ET SON ŒUVRE ?

A. Quelle était la nationalité de Clarke ?
I. Américaine. **II.** Britannique.
III. Canadienne. **IV.** Sud-Africaine.

b. L'œuvre la plus célèbre de Clarke est *2001, l'Odyssée de l'espace*, dont l'impact fut gigantesque. Qui a réalisé le film ?
I. David Cronenberg. **II.** Alfred Hitchcock.
III. Stanley Kubrick. **IV.** Steven Spielberg.

C. Dans quel corps d'armée Clarke a-t-il servi durant la Seconde Guerre mondiale ?
I. L'Air Force. **II.** L'armée de terre.
III. Les Marines. **IV.** La Navy.

D. Le monolithe de *2001, l'Odyssée de l'espace* et des œuvres qui y sont liées possède des proportions très spécifiques. Quelles sont-elles ?
I. 1:2:3. **II.** 1:3:6.
III. 1:4:9. **IV.** 1:5:12.

E. Duquel de ces sports nautiques Clarke était-il un fervent adepte ?
I. La plongée avec bouteilles. **II.** Le ski nautique.
III. La plongée avec tuba. **IV.** La natation.

RÉPONSE
PG/199

F. Quelle loi de Clarke stipule que « n'importe quelle technologie suffisamment avancée est impossible à distinguer de la magie » ?
I. Celle de Zeroth. **II.** La première.
III. La deuxième. **IV.** La troisième.

G. De laquelle de ces longues maladies Clarke souffrait-il ?
I. La mononucléose infectieuse. **II.** La filariose de Médine.
III. La malaria. **IV.** La polio.

H. Dans quel pays Clarke a-t-il passé la majeure partie de sa vie ?
I. Le Cambodge. **II.** Le Sri Lanka.
III. La Thaïlande. **IV.** Le Viêt-Nam.

I. Lequel de ces titres n'est pas celui d'une émission de TV ?
I. *Arthur C. Clarke's Mysterious Universe.*
II. *Arthur C. Clarke's Mysterious World.*
III. *Arthur C. Clarke's Strange World.*
IV. *Arthur C. Clarke's World of Strange Powers.*

J. Plusieurs histoires de Clarke se déroulent dans un pub fictif de Londres nommé :
I. La Tête du Roi. **II.** Le Lièvre et la Tortue.
III. Le Corbeau. **IV.** Le Cerf Blanc.

URSULA K. LE GUIN

1929 - 2018

BIOGRAPHIE

DANS CE QUI A ÉTÉ UN GENRE HÉLAS DOMINÉ PAR LES HOMMES, URSULA K. LE GUIN FUT UNE PIONNIÈRE FÉMINISTE GRÂCE À SA FABULEUSE FICTION SPÉCULATIVE. LE CYCLE DE L'EKUMEN EST SA CRÉATION DE SCIENCE-FICTION LA PLUS VASTE (SON FAMEUX CYCLE DE TERREMER CORRESPOND PLUS À LA TRADITION DE LA *HIGH FANTASY*), ET C'EST AVEC *LA MAIN GAUCHE DE LA NUIT* QU'ELLE A REMPORTÉ LE PREMIER DE SES HUIT PRIX HUGO. CE FAISANT, ELLE EST DEVENUE LA PREMIÈRE FEMME À REMPORTER LE HUGO DU MEILLEUR ROMAN.

La Main gauche de la nuit se passe sur un monde peuplé d'ambisexuels : des créatures dont le sexe n'est pas fixe. L'exploration du sexe et du genre par Le Guin – et plus particulièrement de ses effets sur la culture et la société – est un thème que l'on retrouve dans la plupart de ses œuvres. Son exploration de peuples étranges et de cultures inventées procure un plaisir de lecture immense. Il n'est pas surprenant que son père ait été anthropologue : cette profession fait de nombreuses apparitions dans ses écrits.

Le Guin est nettement moins obsédée par la science dure que les « Trois Grands », mais elle subvertit souvent les tropes classiques – qu'ils s'agisse de ceux du genre, de la morale, de la race ou du sexe – dans ses écrits, afin d'explorer des structures sociétales ou politiques alternatives. En conséquence, elle est considérée non seulement comme une des meilleures auteures de science-fiction, mais comme l'une des plus grandes écrivaines du vingtième siècle.

BIBLIOGRAPHIE SÉLECTIVE D'URSULA K. LE GUIN

La série Terremer

Le Sorcier de Terremer

Les Tombeaux d'Atuan

L'Ultime Rivage

Tehanu

Le Vent d'ailleurs

Le cycle de l'Ekumen

Le Monde de Rocannon

Planète d'exil

La Cité des illusions

La Main gauche de la nuit

Les Dépossédés

Le nom du monde est forêt (novella)

Le Dit d'Aka

Sélection d'autres romans

L'Autre Côté du rêve

La Vallée de l'éternel retour

Sélection de recueils de nouvelles

Contes de Terremer

Quatre chemins de pardon

L'Anniversaire du monde

Pêcheur de la mer intérieure

Aux douze vents du monde

ANSIBLE

Un ansible est un engin capable de communiquer instantanément avec d'autres ansibles, quelle que soit la distance. Le principe de simultanéité qu'il utilise requiert qu'un des appareils de communication se trouve sur une planète de taille respectable, mais sinon, la seule restriction est le bas débit. La communication instantanée à travers de grandes distances est vitale pour le maintien d'une vaste civilisation spatiale, et l'ansible est donc absolument crucial pour une civilisation avancée.

Comme exemple, considérez un vaisseau spatial à l'accélération progressive - exactement le genre de vaisseau où un ansible est nécessaire pour maintenir un contact fonctionnel avec l'extérieur. L'accélération démarre doucement au moment du départ, et la vitesse du vaisseau double en 30 secondes, mais l'accélération progresse vite ensuite. La vitesse du vaisseau double de nouveau, mais en moitié moins de temps, 15 secondes seulement. Ce processus se répète indéfiniment, le vaisseau doublant sa vitesse encore et encore, chaque itération demandant précisément moitié moins de temps que la précédente. Avec ce type de moteur, la barrière d'équivalence masse/énergie est évitée, et la vitesse supraluminique est donc parfaitement possible.

INDÉPENDAMMENT DE LA VITESSE DE DÉPART, À QUELLE DISTANCE DE SON POINT DE DÉPART LE VAISSEAU SE TROUVERAIT-IL À PEINE UNE MINUTE APRÈS LE DÉMARRAGE DU MOTEUR ?

RÉPONSE
PG/200

LEGS

Semley est une jeune noble d'une civilisation quasi-féodale sur la seconde planète en orbite autour de Fomalhaut. Malgré sa position privilégiée, elle n'est pas particulièrement riche. Le trésor de sa famille, perdu depuis des siècles, est un collier réputé être d'une incroyable beauté et réalisé à l'origine par les Gdemiar, un peuple nain vivant sous terre.

Peu après que la planète a été contactée par les « seigneurs des étoiles » – c'est-à-dire la Ligue de tous les mondes, une civilisation humaine s'étendant dans toute la galaxie –, la nouvelle lui parvient que son héritage familial se trouve dans un musée sur une planète à 10 années-lumière de là. Lorsqu'elle contacte les Gdemiar, ils l'informent que la Ligue leur a fourni un vaisseau capable d'atteindre une vitesse proche de celle de la lumière. Ils peuvent l'envoyer dans le vaisseau pour récupérer le collier, et le voyage ne durera « qu'une longue nuit », à l'aller et au retour. Ils lui proposent ce service gratuitement, sans frais ou obligation, et aussi de la ramener chez elle après coup.

Semley accepte avec joie, et trouve en effet le voyage rapide et sans heurt. Lorsqu'elle arrive au musée, les conservateurs lui rendent son collier, qui est tout aussi sublime que la légende familiale le prétendait. Ce soir-là, elle retourne sur Fomalhaut mais, à son arrivée, elle est horrifiée.

QU'A-T-ELLE OMIS DE PRENDRE EN COMPTE ?

RÉPONSE
PG/200

EMBARGO

Gaverel Rocannon est un ethnologue de la Ligue de tous les mondes qui découvre la société primitive de Fomalhaut II après avoir rencontré un de ses membres dans un musée de la Ligue. Il lutte pour que la planète soit mise sous embargo, afin que ses sociétés puissent se développer naturellement, sans l'interférence illégitime de la Ligue. Des capteurs seront même installés dans l'espace autour de la planète, afin de s'assurer que les ennemis de la Ligue ne tentent pas d'interférer.

Une fois l'embargo en place, il est autorisé de se rendre sur Fomalhaut II pour des raisons ethnologiques, afin de découvrir et de récolter des données sur les sociétés. Tous les ethnologues de la Ligue comprennent et acceptent les dangers personnels qu'implique de vivre sur des mondes à faible niveau de technologie. Le métier peut être dangereux, mais il est important, et risquer sa vie et sa santé physique et mentale en fait partie. Les natifs ne représentent pas une menace pour la Ligue et, même si les sociétés connaissent des conflits, la maladie et la souffrance, les choses n'y sont pas pires que sur d'autres mondes primitifs sous embargo. Même les virus ne sont pas particulièrement préoccupants.

CEPENDANT, PEU DE TEMPS APRÈS SON ARRIVÉE SUR FOMALHAUT II, ROCANNON DÉCOUVRE QUE PLACER CE MONDE SOUS EMBARGO ÉTAIT UNE ERREUR. UNE QUI POURRAIT, DE PLUS, MENACER LA LIGUE ELLE-MÊME. POURQUOI ?

RÉPONSE
PG/201

SHING

L'homme appelé Falk a vu sa mémoire effacée et ne sait plus rien de son passé, ni de sa culture. Après plusieurs années passées à vivre avec les paysans locaux, il est amené devant les Shing, les dirigeants télépathes de la Terre. Contrairement au reste des habitants de la planète qui évoluent dans des tribus rurales violentes, les Shing sont très avancés. Leur révérence pour la vie est absolue – ils ne tuent sous aucun prétexte et ne consomment que des végétaux. En fait, ils ont créé de toutes pièces par bio-ingénierie de nombreuses espèces d'animaux et d'oiseaux, afin qu'elles puissent s'exprimer de manière éloquente et se défendre elles-mêmes contre les humains.

Les Shing expliquent que Falk est un hybride d'extraterrestre et d'humain arrivé sur Terre il y a des années de cela, et que le vaisseau de son expédition a eu un accident. Bien qu'il ait survécu intact, il a été attaqué par des rebelles au régime des Shing, qui ont effacé sa mémoire. Les Shing eux-mêmes sont entièrement humains, et ils dirigent désormais la Terre parce que la Ligue de tous les mondes s'est autodétruite il y a quelques siècles. Ils maintiennent la paix sur la Terre en prétendant qu'un ennemi est présent sur la planète, ce qui empêche les tribus de les combattre. Ils admettent que cette solution n'est pas idéale, mais elle fonctionne.

Ils ont appris les origines de Falk d'un autre survivant de l'accident, un jeune homme nommé Orry, qui était un jeune enfant ayant participé à l'expédition. Ils ont maintenant l'intention de rétablir la mémoire de Falk, et de lui rendre sa personnalité originelle et ses souvenirs.

Falk n'accorde aucune confiance aux Shing. En fait, il pense que se sont des extraterrestres manipulateurs : des menteurs pathologiques qui cherchent désespérément à maintenir leur joug despotique sur la Terre. La seule information en laquelle Falk a confiance est celle confirmée par Orry : qu'ils sont bien tous deux des hybrides humain/extraterrestre venus d'un autre monde, et que la machine qu'ils comptent utiliser pour annuler l'effacement de mémoire va bel et bien avoir l'effet escompté.

MAIS SI SON EXISTENCE MENACE LES SHING, POURQUOI L'AIDERAIENT-ILS ? CE N'EST PAS COMME SI SA VIE ÉTAIT EN DANGER SANS LEUR TRAITEMENT.

RÉPONSE PG/201

PRÉDICTION

Sur le monde de Gethen, certains adeptes de la religion Handdarrate pratiquent l'art de la prédiction, un talent en apparence précognitif qui met à profit leur intuition afin de fournir des réponses fiables. Ils offrent ce service en échange d'une somme d'argent, afin d'enseigner un de leurs principes fondateurs.

Lorsque le recruteur planétaire terrien Genly Ai demande si les Gethen auront rejoint la coalition des mondes colonisés par les humains dans cinq ans, la réponse est un simple oui, qui ne lui fournit aucune piste sur la manière dont il pourrait parvenir à une telle réussite.

Prenons un exemple pratique avec cette question : il y a quatre balles dans un sac, identiques à l'exception de leur couleur. Deux sont rouges, une est blanche et une est bleue. Une personne sort deux balles du sac au hasard, les examine, et vous informe qu'au moins une des deux est rouge.

QUELLE EST LA PROBABILITÉ QUE L'AUTRE BALLE QU'ELLE A TIRÉE SOIT ÉGALEMENT ROUGE ?

RÉPONSE
PG/201

MURS

Tau Ceti est un système contenant deux mondes, Urras et Annarres. Ce dernier est jeune – à peine deux cents ans, et a été fondé comme refuge anarcho-syndicaliste par des rebelles réfractaires de Urras. Au fil des années, les Urrasti en sont venus à considérer Annares presque comme une colonie féodale minière assujettie à leur commandement, alors que les Annaresti se considèrent plus libres que les Urrasti.

Shevek est un physicien annaresti qui se retrouve sur Urras pour un temps. Il devient profondément préoccupé par les murs non physiques, pas seulement ceux érigés autour de lui par la société car il est un étranger, mais les murs des privilèges, de la possession matérielle et des mœurs sociales. Il accuse les Urrasti de s'être volontairement emprisonnés.

Mais l'emprisonnement volontaire n'est pas forcément mental. Asseyez-vous droit sur une chaise, afin que votre dos soit vertical, vos cuisses horizontales, et vos tibias verticaux. Maintenant, sans vous pencher en avant ou reculer vos pieds, essayez de vous mettre debout.

POURQUOI NE POUVEZ-VOUS PAS BOUGER ?

RÉPONSE
PG/202

PEUR

Ayant récemment été découvert, le Monde 4470 accueille une expédition d'explorateurs de la Ligue de tous les mondes. La planète est tempérée, dispose d'une atmosphère respirable par les humains, de beaucoup d'eau et d'une météo raisonnablement paisible. La terre émergée disponible est recouverte d'une végétation luxuriante – de vastes prairies, de la bruyère, des forêts, des jungles –, mais il n'y a absolument aucune vie animale. Toute la pollinisation est effectuée grâce au vent.

Cela convient très bien au prospecteur humain, Osden. Étant un empathe, il ressent les émotions des animaux qui l'entourent, y compris des personnes, comme s'il s'agissait des siennes. N'ayant aucun moyen d'interrompre ce processus, ni d'isoler ses véritables réactions de celles qu'il absorbe, il apprécie toujours de se retrouver à l'écart des gens.

Alors que l'équipe explore, quelque chose se passe mal. Une couche de peur empathique se développe autour d'eux, affectant d'abord Osden, puis se développant suffisamment pour les influencer tous. Ce n'est clairement pas quelque chose qui provient du groupe. Les explorateurs se demandent s'ils n'ont pas

RÉPONSE
PG/202

affaire à une sorte d'être végétal mobile – une plante-monstre disposant de suffisamment d'émotion pour les submerger, et ils lèvent le camp, utilisant leur navette pour s'installer sur un nouveau site à 12 000 km de là en quelques heures à peine. Cependant, dès qu'ils se posent, la même peur intense à laquelle ils tentaient d'échapper les accable de nouveau.

Ils vérifient une fois encore qu'il n'y a aucune vie animale sur le Monde 4470. Cela inclut la planète elle-même : il ne s'agit pas d'une sorte de géant de pierre vivant. Les arbres, les fleurs et les autres plantes qu'ils examinent sont tout simples, et de plus, l'équipe se trouve à une très grande distance du lieu de leur atterrissage. Il n'y a auprès d'eux aucune créature déphasée invisible, pas de gaz doués de raison, d'êtres énergétiques, ni d'autres formes de vie exotiques ou imperceptibles.

ALORS D'OÙ PROVIENT LA PEUR, ET COMMENT A-T-ELLE PU LES SUIVRE À L'AUTRE BOUT DE CE MONDE DE MANIÈRE AUSSI IMMÉDIATE ?

ANNÉES

Laia est une philosophe anarchiste influente qui approche la fin de sa vie. Les années turbulentes de lutte et d'emprisonnement sont depuis longtemps révolues. La société dans laquelle elle vit est toujours assez oppressive, mais ses enseignements lui ont apporté beaucoup de respect et ont attiré de nombreux partisans. Elle vit au sein d'une communauté fondée sur ses principes, une Maison ondonienne, et même si elle a transmis le flambeau, elle reste une source d'inspiration.

Un jour, alors qu'elle se promène dans le voisinage, elle passe du temps à parler à un enfant, et évoque le fait d'avoir dû grandir rapidement à cause d'événements difficiles. Elle explique à l'enfant qu'elle a passé précisément un huitième de sa vie en tant qu'enfant, un cinquième en tant que jeune, une moitié en tant que femme et, depuis son AVC, 14 ans à décliner.

QUEL ÂGE A LAIA ?

RÉPONSE
PG/203

SAUVAGERIE

Orrec Caspro est l'héritier du domaine de Caspromant, fils du Brantor de ce territoire, Canoc. Il existe plusieurs domaines, et chaque lignée de Brantor possède un don unique qu'il utilise pour protéger son domaine. La famille Caspro possède le don de défaire : d'un regard, ils peuvent par leur volonté détruire quelque chose ou quelqu'un.

En tant que fils unique de Canoc, Orrec est troublé par le fait de ne pas avoir accès au don familial alors qu'il approche de la puberté. Lorsque cela se produit, cependant, il finit vite par le regretter - il échappe totalement à son contrôle. Bien que son père passe tout son temps à tenter de l'entraîner à le contrôler, le don en arrive rapidement au point où tout ce qu'Orrec regarde est détruit. Horrifié, le jeune homme se bande les yeux, abandonnant à jamais la vue.

Mais sa mère tombe malade et, mourante, elle lui demande de voir ses yeux une dernière fois. Il accepte à contrecœur et, à leur surprise à tous deux, son regard ne la détruit pas. Après sa mort, il se risque à quelques expériences en solitaire, ôtant son bandeau lorsqu'il est seul, dans un lieu sûr, afin d'essayer de lire. De nouveau, rien de fâcheux ne se produit. Alors qu'il devient plus hardi dans ses tentatives, il devient évident que son regard est aussi inoffensif qu'à l'époque où il était enfant. En fait, il ne parvient même pas à défaire quelque chose s'il le désire, même s'il se met dans les mêmes conditions qu'à l'époque où il détruisait tout.

IL NE SE SENT PAS DIFFÉRENT ET, EN FAIT, ABSOLUMENT RIEN N'A CHANGÉ AU NIVEAU DE SON DON À AUCUN MOMENT. ÉTANT DONNÉ QUE LES CIRCONSTANCES EXTÉRIEURES À ORREC N'AFFECTENT D'AUCUNE MANIÈRE SON POUVOIR DE DESTRUCTION, QUE SE PASSE-T-IL ?

RÉPONSE
PG/204

RÉSISTANCE

La cité antique d'Ansul est dominée par les Alds, un groupe répressif absolument persuadé qu'écrire est maléfique, et que les femmes sont des êtres si inférieurs qu'elles ne méritent aucun égard, et ne servent qu'à enfanter. Elles ne sont même pas autorisées à sortir dans la rue. Memer est une jeune femme vivant dans la maison de Sulter, membre du culte secret des bibliothécaires, qui tentent de préserver l'ancien savoir et l'histoire de la ville.

La rébellion s'organise, et Memer devient active dans le réseau des femmes et des hommes qui cherchent à renverser les Alds. D'abord, elle est très effrayée, les sanctions pour désobéissance étant horriblement barbares, mais son ami Gry fait remarquer que la plupart du temps, elle est bien moins en danger que ce qu'elle imagine.

POURQUOI CELA ?

RÉPONSE
PG/204

GÉNÉRATIONNEL

Le *Discovery* est un vaisseau générationnel, envoyé depuis la Terre à vitesse subluminique pour passer des siècles à voyager afin de coloniser un jour une lointaine planète. La population à bord est maintenue strictement à 4 000 personnes par le biais de contraceptifs, et des protections onéreuses sont mises en place afin d'empêcher l'écologie interne de s'épuiser ou d'être perturbée. Toutes les connaissances scientifiques et techniques dont les futurs colons auront besoin à leur arrivée sont stockées dans les banques de données, ainsi que l'histoire, les arts et la culture de la Terre, et une explication détaillée de ce qui a mené à la dégradation de l'environnement du monde.

Alors que les générations de nouveaux membres d'équipage se succèdent, des incompréhensions et une confusion considérable se développent au sujet de la génération zéro, ceux qui ont lancé le *Discovery*. L'idée même de vivre sur une planète paraît étrange. Les tâches à bord se ritualisent, alors même que la compréhension de leurs fonctions s'estompe. L'intérêt pour l'héritage de la Terre se perd. L'équipage se souvient quelles sont les instructions importantes – quels leviers tirer, et quand –, mais pas pourquoi.

PEUT-ÊTRE Y A-T-IL DU SENS SANS CONTEXTE, ET PEUT-ÊTRE PAS. CONSIDÉREZ LA SUITE D'OPTIONS SUIVANTES, DE A À D. SI VOUS EN CHOISISSEZ UNE DE MANIÈRE ABSOLUMENT ALÉATOIRE, QUELLE EST LA CHANCE QU'ELLE REPRÉSENTE LA PROBABILITÉ D'ÊTRE LA RÉPONSE CORRECTE À CETTE QUESTION ?

A : 0 %

B : 25 %

C : 25 %

D : 50 %

RÉPONSE
PG/205

DRAGONS

Le sorcier de l'île de Sattins est un homme gros et empoté. Les vrais noms ne sont pas employés sur Terremer, mais on le surnomme Taupin. Il n'est pas franchement compétent, mais il est aimable et peu enclin à abuser de ses faibles pouvoirs. Cela convient très bien aux habitants superstitieux de l'île, jusqu'à ce qu'un étranger à la barbe noire arrive pour rencontrer le sorcier.

Il s'avère que Barbenoire est lui aussi un sorcier, et il soupçonne Taupin d'être en possession d'un trésor volé à ses ancêtres. Ils s'affrontent, et lorsque Barbenoire libère le vrai nom de son adversaire, obtenu à grands frais, il révèle par inadvertance la vraie forme de Taupin – le grand dragon noir Yevaud. Barbenoire est dévoré sur place, et Yevaud, dont la cruauté prédatrice a été réveillée de force, entreprend de ravager l'île et ses habitants.

Considérez pour le moment que les affirmations suivantes au sujet des dragons et de leurs habitudes alimentaires sont des faits :

- Toute créature qui fuit le danger peut être considérée comme de la nourriture.
- Lorsque les dragons sont lassés par une créature, ils l'ignorent toujours.
- Aucune créature n'a bon goût si elle n'est pas vive d'esprit.
- Aucun cerf ne mange pas d'herbe.
- Aucune créature ne gémit, sauf celles qui sont terrorisées.
- Les hérissons ne sont pas comestibles.
- Aucune créature, hormis celles qui ont bon goût, ne mange de l'herbe.
- Les dragons se lassent des créatures qui gémissent.
- Les seules créatures terrorisées sont les cerfs.
- Les créatures vives d'esprit s'enfuient toujours devant le danger.

LES DRAGONS MANGENT-ILS DES CERFS ?

RÉPONSE
PG/205

NOMS

Dans le langage de la création, qui est aussi le langage des dragons, il est impossible aux humains de mentir – non pas parce que le mensonge échoue, mais parce que le monde lui-même change afin de s'assurer que ce qui a été dit se révèle vrai. Telle est la base de toute magie. Toute chose possède un nom véritable : le nom qui a de l'influence dans le langage de la création – chaque pierre, chaque vague, chaque personne. Connaître le nom véritable de quelqu'un ou de quelque chose, c'est être capable d'en parler dans le langage de la création. De prendre l'ascendant sur lui.

Et donc les noms – les noms véritables – sont au cœur de la magie. Les sorciers passent leurs vies à étudier les dénominations véritables des choses, et à développer la puissance nécessaire pour prononcer les phrases de la création. Dans une vie passée parmi les mots, de nombreux échos et synchronismes émergent, et ils peuvent être des conduits essentiels menant à la révélation.

CONSIDÉREZ LES MOTS « OFFICIALISANT » ET « FALSIFICATION ». QUEL LIEN FORT INSOLITE PARTAGENT-ILS ?

RÉPONSE
PG/205

SEC

Dans leur quête d'immortalité, les sorciers de Terremer créent accidentellement un enfer pour eux-mêmes et tous les autres humains vivant dans l'archipel. Les Terres arides sont noires, desséchées, vides de tout objet ou émotion, et lorsque la mort survient, l'âme y est emprisonnée. Prise au piège. Hors de l'Archipel, le cycle de la mort et de la vie se poursuit librement – mort et renaissance –, mais à l'intérieur, la stagnation règne.

Sur une île froide et montagneuse, près de la bordure nord de l'Archipel, un couple a été retrouvé dans une haute vallée, paisible dans la mort. Allongés côte à côte dans une prairie de fleurs lumineuses et printanières, ils n'étaient même pas à deux kilomètres du village où ils vivaient. Quoi que ce soit qui les a tués, cela n'a laissé aucune trace – il n'y avait pas de blessures, pas d'os brisés, pas de morsures ou de griffures, de coups de couteau ou de bosses. L'examen n'a révélé aucune trace de poison, de maladie, de magie ou d'électrocution. La coïncidence n'a pas joué de rôle dans leurs morts concomitantes. Ils n'ont pas souffert d'embolies ou d'attaques cardiaques simultanées, et ne se sont clairement pas suicidés. Aucune créature, aucun monstre n'a causé leur mort, pas même quelque chose venu des Terres arides. Ils n'ont même pas été dépouillés. La magie n'étant pas entrée en jeu, il est certain que les turbulents dragons et sorciers ne sont cette fois pas responsables. En fait, la cause de leur mort serait aussi familière à des Terriens qu'aux habitants de l'Archipel.

DE QUOI SONT-ILS DÉCÉDÉS ?

RÉPONSE
PG/206

OMBRE

De toutes les nombreuses leçons apprises par l'archimage Ged, connu sous le nom d'Épervier, une des principales est l'importance de l'équilibre entre la lumière et l'obscurité. Sans l'une, le monde brûle. Sans l'autre, il gèle. Le jour et la nuit forment une dyade vitale, et il n'y a rien dans l'obscurité qui la rende intrinsèquement effrayante. L'aube et le crépuscule sont peut-être beaux, mais l'un ne doit pas être recherché à l'exclusion de l'autre.

Il est de notoriété publique qu'il faut 8 minutes à la lumière du Soleil pour atteindre la Terre. Imaginons un instant qu'il soit actuellement le bon moment, là où vous vivez, pour que demain matin, l'aube ait précisément lieu à 6 h 00.

À QUELLE HEURE LE SOLEIL SE LÈVERAIT-IL DEMAIN SI LA LUMIÈRE VOYAGEAIT EN FAIT À UNE VITESSE INFINIE ?

RÉPONSE PG/207

FOSSE

Alors qu'il cherche un trésor dans les tombeaux des Sans-Nom, sur l'île d'Atuan, l'archimage Ged est découvert par la grande prêtresse Tenar. Sa magie ne lui est d'aucune aide dans ce lieu et il est emprisonné, incapable de se libérer. Son devoir exige d'elle qu'elle l'abandonne sur place en sacrifice aux Sans-Nom.

Dans d'autres endroits et époques, les prisonniers condamnés étaient parfois jetés dans des fosses en forme de bouteille creusées dans le sol sous des tunnels aux parois de pierre, dans les profondeurs de la terre. Même si ces cellules pouvaient mesurer jusqu'à 6 m de large et 6 m de haut, l'ouverture au sommet mesurait en général à peine 1 m de diamètre. Rares sont ceux à avoir pénétré dans ce genre de cellule et à en être ressortis, que ce soit morts ou vifs. De nombreux prisonniers se brisaient des membres en étant jetés dedans, et même ceux qui évitaient cela étaient incapables de grimper jusqu'à l'extérieur, vu que les murs se recourbaient vers l'intérieur au niveau de l'issue.

Même si un prisonnier se retrouvait dans une telle cellule en étant parvenu à y faire entrer un outil pour creuser et parvenait à ne rien se casser, il se trouvait quand même très profondément sous terre. Creuser jusqu'à la surface serait d'une difficulté insurmontable, surtout vu les portions congrues de nourriture reçues par les plus chanceux de ces prisonniers ; et briser les parois de la cellule ne serait d'aucune utilité. Ainsi, même armé d'une pelle, il est impossible de s'échapper d'un tel lieu.

OU PEUT-ÊTRE QUE SI ?

RÉPONSE
PG/208

APHASIE

Le langage parlé est la vibration de l'air dans la gorge. Ce que nous conceptualisons comme étant le son est juste le changement de pression de l'air quand les molécules sont rapprochées ou écartées les unes des autres. Puisque d'autres molécules autour du front d'onde sont alternativement tirées ou repoussées par les variations de pression derrière elles, le son se propage. Nous considérons le discours comme détenant un sens inhérent mais, sans le cerveau pour traduire les subtiles variations de la pression atmosphérique en quelque chose que l'esprit peut reconnaître, le langage – tous les sons – n'est qu'un chaos atomique.

De façon similaire, une cloche produit un son lorsqu'un marteau la frappe parce que le métal de la cloche vibre et, ce faisant, il force l'air autour de lui à vibrer - ce que nous percevons comme étant le son. Si le métal n'était pas une substance élastique, il ne ferait que se froisser sous l'impact et aucun son ne serait produit. Tel qu'il existe, il se déforme puis reprend sa forme initiale, allant un tout petit peu au-delà de sa forme de base à chaque fois, mais moins, jusqu'à devenir immobile, et le son cesse.

CEPENDANT, LE MÉTAL EST IMPARFAITEMENT ÉLASTIQUE. LA CLOCHE SONNERAIT-ELLE SI ELLE ET LE MARTEAU ÉTAIENT TOUS DEUX FAITS D'UN MATÉRIAU PARFAITEMENT ÉLASTIQUE ?

RÉPONSE
PG/208

MULTIVERSE

Strupsirts est une destination privilégiée par les voyageurs transdimensionnels les plus récents. C'est en partie parce que la zone est facile à trouver, et donc presque tout le monde y passe occasionnellement. Mais la région est superbe – avec ses volcans et ses trombes marines – et les habitants sont sympathiques et accueillants avec les voyageurs venus d'autres époques et d'autres lieux. Ainsi, il n'est pas rare de se retrouver mêlé à des personnes très diverses, et il s'avère parfois que les personnes les plus improbables découvrent qu'elles se connaissent déjà.

Lors d'un dîner organisé par une Agence interplanétaire à Strupsirts, vous et votre partenaire vous retrouvez à une table avec huit autres invités - cinq couples en tout. D'une manière ou d'une autre, chacun des neuf autres a déjà rencontré un nombre différent de convives présents à la table. Une personne en a juste rencontré une autre, une en a rencontré neuf, et ainsi de suite pour chaque nombre possible de rencontres entre les deux. Il est clair que les couples se connaissent déjà, et donc personne n'a rencontré personne au préalable, et si X a rencontré Y, alors Y a rencontré X.

COMBIEN DE PERSONNES DU GROUPE CONNAISSIEZ-VOUS AVANT LA FÊTE ?

RÉPONSE
PG/210

MAIS

En voyageant de par les plaines, on peut trouver son chemin jusqu'à Islac – un monde plaisant et accueillant habité par une population fort hétéroclite. En insistant pacifiquement, on peut finir par entendre les locaux faire référence à l'Interdiction. Puis, si on a de la chance et une disposition sympathique, on peut même en arriver à découvrir la nature de l'Interdiction. La science génétique a quelques années plus tôt fait un bond extraordinaire, et il est devenu très à la mode de mélanger à son génome du matériel génétique issu d'animaux terrestres, d'oiseaux ou même de plantes.

Lorsqu'il est devenu évident que l'idée n'était pas forcément excellente, l'Interdiction a été promulguée, restreignant sévèrement ceux dont l'ADN a muté, pour le bien des espèces. L'absence de signes extérieurs évidents dans de nombreux cas d'hybridation ne fait qu'ajouter à la paranoïa ambiante. Les visiteurs, bien sûr, se voient accorder toute la courtoisie possible et sont dégagés de toute restriction, l'endroit reste donc plaisant à visiter.

Imaginez qu'un groupe de 37 Islai possède au moins un hybride en son sein. Des tests sont pratiqués par comparaison et, pour chaque paire d'individus sélectionnée, au moins un n'est pas hybridé.

QUEL EST LE PLUS PETIT NOMBRE D'INDIVIDUS HYBRIDES POSSIBLE DANS LE GROUPE ?

RÉPONSE
PG/211

LE GUIN

À QUEL POINT CONNAISSEZ-VOUS URSULA K. LE GUIN ET SON ŒUVRE ?

A. Dans quel État américain Le Guin est-elle née ?
I. La Californie. **II.** Le Massachusetts.
III. L'Ohio. **IV.** L'Oregon.

B. Le K. du nom de Le Guin signifie :
I. Katherine. **II.** Keynes.
III. Kinton. **IV.** Kroeber.

C. Le métier du père de Le Guin apparaît de manière répétée en tant que profession de personnages dans sa fiction. Quel est-il ?
I. Ingénieur aérospatial. **II.** Anthropologue.
III. Physicien. **IV.** Sociologue.

D. Dans quelle partie du monde le pays fictif de Le Guin, Orsinia, se trouve-t-il ?
I. L'Amérique centrale. **II.** L'Europe de l'Est.
III. L'Extrême Orient. **IV.** L'Asie du Sud-Est.

E. Selon les principales histoires de science-fiction de Le Guin, quel est le nom de la planète originelle de l'humanité ?
I. La Terre. **II.** Gethen.
III. Hain. **IV.** Seggri.

RÉPONSE
PG/211

F. Avec quel roman Le Guin a-t-elle remporté les prix Hugo et Nebula, ce qui en a fait la première femme à accomplir cet exploit ?

I. *Planète d'exil.*
II. *La Main gauche de la nuit.*
III. *Le Monde de Rocannon.*
IV. *Le Sorcier de Terremer.*

G. En général, les histoires de Le Guin font référence à la télépathie comme étant :

I. Altai.
II. Une communication directe.
III. Le langage de l'esprit.
IV. Le transfert de pensées.

H. Le premier texte publié de Le Guin était :

I. De l'humour.
II. Une pièce de théâtre.
III. Un poème.
IV. Une nouvelle.

I. Souvent dans les premières histoires de Terremer, bien que la chose soit ensuite transformée, la magie des femmes est décrite comme :

I. Banale.
II. Silencieuse.
III. Ordonnée.
IV. Faible.

J. Le Guin avait un master et un doctorat non achevé dans quelle matière ?

I. Anglais.
II. Français.
III. Psychologie.
IV. Sociologie.

RAY BRADBURY

1920 - 2012

BIOGRAPHIE

LA CRÉATIVITÉ ET L'IMAGINATION DE RAY BRADBURY SEMBLAIENT SANS LIMITE – IL A PUBLIÉ DES MILLIERS DE NOUVELLES AU COURS DE SA CARRIÈRE, SUR UNE VARIÉTÉ SIDÉRANTE DE THÈMES, SANS PARLER DES MULTIPLES GENRES QU'IL A EXPLORÉS. D'AILLEURS, IL ARRIVAIT SOUVENT À BRADBURY DE BALAYER PLUSIEURS GENRES DANS LA MÊME NOUVELLE.

Ses écrits présentent des tranches de vie dans des circonstances et des lieux exotiques. Son premier roman, *Chroniques martiennes*, en est un bon exemple. Il est construit plus comme une suite de nouvelles racontant l'histoire de la colonisation de Mars par la Terre, et la destruction qui s'ensuit, que comme un roman traditionnel. De bien des manières, le livre est une série d'événements très humains qui se déroulent juste sur un monde complètement différent.

En fait, Bradbury n'envisageait pas son travail comme relevant directement de la science-fiction : il était trop réel pour cela, selon lui. Il préférait se fonder sur une idée scientifique, s'en servir comme plateforme à partir de laquelle explorer, et écrire à partir de là. C'est peut-être pourquoi la plupart de ses œuvres évoquent les dangers des technologies hors de contrôle. Dans ce que beaucoup considèrent comme étant son chef-d'œuvre, *Fahrenheit 451*, il explore un futur dystopique dans lequel les livres sont interdits – un véritable cauchemar pour celui qui a écrit chaque jour de sa vie.

BIBLIOGRAPHIE DE RAY BRADBURY

Romans

Chroniques martiennes

Fahrenheit 451

Le Vin de l'été

La Foire des ténèbres

L'Arbre d'Halloween

La solitude est un cercueil de verre

Le Fantôme d'Hollywood

La Baleine de Dublin

De la poussière à la chair – Souvenirs d'une famille d'immortels

Il faut tuer Constance

Farewell Summer

Sélection de recueils de nouvelles

L'Homme illustré

Les Pommes d'or du soleil

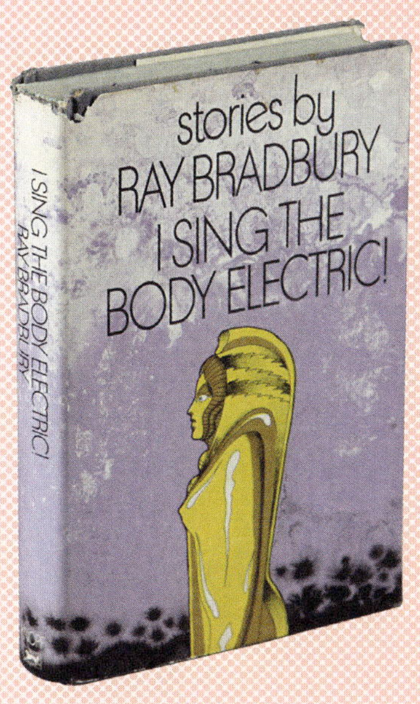

Le Pays d'octobre

Un remède à la mélancolie

Les Machines à bonheur

Je chante le corps électrique

Un coup de tonnerre

ACCUEIL

Quand la première expédition de la Terre a atterri sur Mars, les astronautes ont rapidement été tués par un indigène jaloux dont l'épouse avait repéré leur approche par télépathie. Les autorités martiennes étaient mécontentes du risque interplanétaire, et identifièrent une demi-douzaine de suspects qu'elles appréhendèrent. Tous firent une déclaration. Lorsque les détectives en charge de l'enquête menèrent leur investigation, ils découvrirent qu'une seule des six déclarations était vraie. Heureusement, cette information leur permit d'identifier le tueur.

LES DECLARATIONS DES SIX SUSPECTS PEUVENT ETRE RESUMEES AINSI :

N°1 : LE TUEUR EST LE N°4.

N°2 : LE TUEUR EST LE N°6.

N°3 : LE TUEUR EST LE N°1.

N°4 : LE TUEUR N'EST PAS MOI.

N°5 : LE TUEUR EST LE N°2.

N°6 : LE TUEUR EST LE N°2.

QUI EST COUPABLE ?

RÉPONSE
PG/212

BÉBÉ

Alice Lieber est convaincue que son bébé possède des facultés anormales, et qu'il va la tuer. Son époux, David, et son docteur, tentent tous deux de la rassurer et de la réconforter, mais quelques jours plus tard elle meurt, apparemment en tombant dans l'escalier. Deux jours plus tard, le docteur rend visite au veuf éploré et à l'enfant, et il est horrifié de constater que David est mort lui aussi.

Le mort de David ressemble à un suicide. Son corps est effondré sur la table du salon, près d'une bouteille vide de somnifères – la même bouteille de 48 pilules que le docteur avait fourni à l'homme 36 heures plus tôt. Il reste une paire de ces grosses pilules oblongues sur la table, mais rien d'autre – pas de note, pas de testament. Rien.

LE DOCTEUR ÉTUDIE LA SCÈNE UN MOMENT, ET FINIT À CONTRECŒUR PAR DÉCIDER QUE LA MORT DE DAVID EST PROBABLEMENT UN MEURTRE. POURQUOI ?

RÉPONSE
PG/212

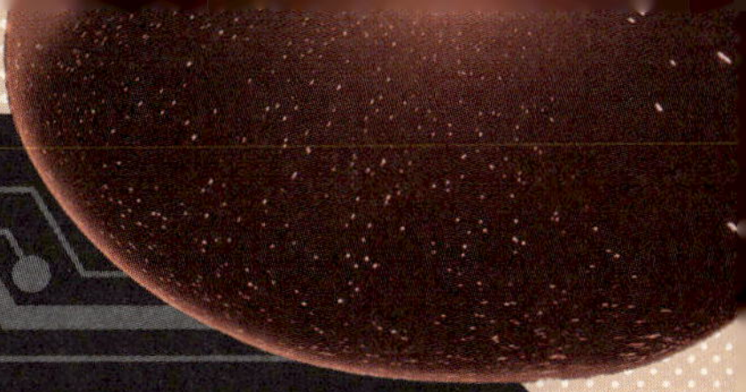

ÉVASION

Ayant assassiné Huxley lors d'une crise de rage jalouse, Acton panique. Il réalise le temps qu'il a passé dans la maison de Huxley, et le fait que ses empreintes doivent se trouver partout. Il tente de reprendre son parcours afin de nettoyer ses traces, mais il semble que chaque chose qu'il nettoie lui fasse penser à trois autres choses qu'il doit s'assurer de désinfecter.

Lorsque la police arrive enfin sur place, Acton est toujours là, à désespérément polir une coupe à fruits pour la troisième fois. De tous les objets dans la coupe, tous sauf deux sont des pommes, tous sauf deux sont des prunes, et tous sauf deux sont des bananes.

COMBIEN Y A-T-IL DE FRUITS DANS LA COUPE ?

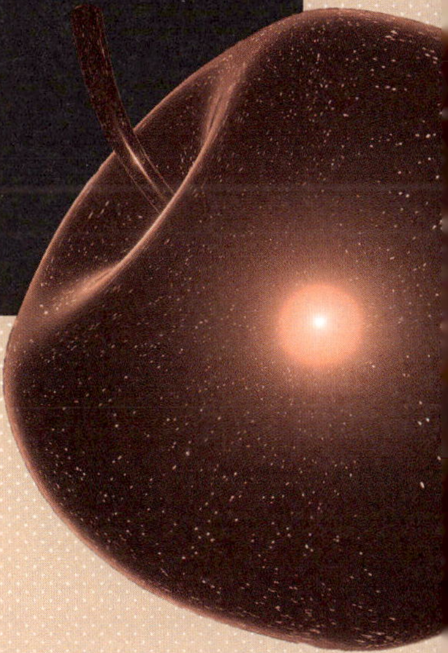

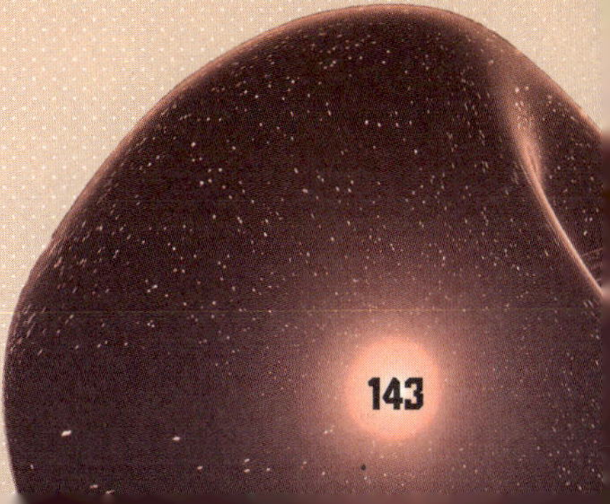

RÉPONSE
PG/212

TROISIÈME

La troisième expédition terrestre vers Mars s'avère tourner aussi mal que les deux premières. L'équipage arrive pour découvrir une petite reproduction parfaite d'une ville américaine peuplée de leurs parents décédés et de leurs amis disparus depuis longtemps. Hélas, il s'agit d'une illusion télépathique et, dès que les astronautes baissent leur garde, ils sont tués par les Martiens qui prétendent être leurs êtres chers.

Les trois expéditions ont été orientées afin d'atterrir très loin les unes des autres à la surface de Mars.

QUELLE EST LA PROBABILITÉ QUE LES TROIS EXPÉDITIONS ATTERRISSENT SUR UN SEUL HÉMISPHÈRE DE LA PLANÈTE, EN SUPPOSANT QUE LA FRONTIÈRE ENTRE LES DEUX HÉMISPHÈRES SOIT SI FINE QU'ON LA CONSIDÈRE COMME NÉGLIGEABLE ?

RÉPONSE
PG/214

PILE OU FACE

Lorsque la quatrième expédition terrienne arrive sur Mars, elle découvre que les indigènes martiens ont été éradiqués. Une des premières expéditions avait amené la varicelle, qui s'est avérée mortelle pour les Martiens. Tout ce qui subsiste de leur civilisation sont les infrastructures – les villes, les routes, les ponts, etc. La planète peut enfin accueillir les colons humains, et ce n'est pas trop tôt, car la guerre nucléaire sur Terre paraît de plus en plus probable.

Une fois assurés d'être seuls, les membres de l'expédition commencent à faire les idiots, à boire et à parier, détruisant les structures martiennes, salissant les rivières et globalement, souillant l'endroit. Cela rend l'archéologue du groupe furieux, à tel point qu'il se met à traquer et à tuer les autres membres de l'expédition dans l'espoir que, s'il parvient à tous les éliminer, cela retardera l'arrivée d'une cinquième expédition suffisamment longtemps pour que l'humanité soit détruite par une guerre nucléaire.

Alors que la discipline s'étiole, le capitaine de l'expédition est forcé d'utiliser un tirage à pile ou face pour envoyer un homme contourner la position de l'archéologue rebelle. Mais même en cela, il est remis en question : les hommes estiment que la pièce devrait être lestée. Avec lassitude, le capitaine fait remarquer qu'il est parfaitement possible d'obtenir un résultat impartial à deux choix, même avec une pièce totalement déséquilibrée.

COMMENT ?

RÉPONSE
PG/214

INDIGÈNE

Finalement, les humains parviennent à coloniser Mars. Peu de temps après l'installation des colonies, la guerre nucléaire éclate sur Terre et le contact avec les colonies martiennes est perdu. Une fois les combats terminés, et la reconstruction effectuée par les survivants, une tentative est faite pour reprendre contact avec les colons.

Arrivée sur Mars, l'équipe dépêchée découvre que les vastes colonies humaines sont abandonnées depuis longtemps, et qu'il n'y a plus aucune trace de ceux qui vivaient là. Malgré leurs inquiétudes, les Martiens locaux semblent amicaux, bien qu'un peu étranges, et ils assurent à l'équipe qu'ils n'ont pas fait de mal aux humains.

L'équipe se voit proposer les services de trois intermédiaires possibles pour la durée de leur visite. Le plus vieux des trois dit toujours la vérité, le plus jeune ment toujours et celui du milieu ment ou dit la vérité au hasard. Aucun détail visible ne permet de distinguer qui est qui, et cette information n'est pas fournie à l'équipe. Au lieu de cela, il leur est permis de poser à un membre du trio une seule question dont la réponse peut être oui ou non, après quoi ils devront prendre leur décision. Une fois que l'équipe aura choisi un contact, elle sera informée duquel il s'agit. Évidemment, l'intermédiaire honnête représente la meilleure option, mais le menteur serait aussi acceptable, étant donné qu'un menteur systématique est quand même une excellente source d'information.

QUELLE QUESTION POSENT-ILS ?

RÉPONSE
PG/216

TRANSFORMATION

Inévitablement, l'humanité finit par parvenir à éradiquer totalement les indigènes martiens, et entame le processus de terraformation de la planète rouge. Un clone, Ben Driscoll, décide de se lancer dans une quête personnelle : la plantation d'une immense forêt d'arbres minutieusement adaptés, dans l'espoir d'élever le taux d'oxygène dans l'atmosphère. Un soir, il retourne le sol d'une vaste plaine déserte et plante une paire d'arbres pour symboliser sa quête.

Le sol martien possède des propriétés particulières lorsqu'il est mis en contact avec les plantes de la Terre, et Driscoll s'attend à ce que les arbres se dédoublent avec le temps, et qu'ensuite eux et leurs répliques se dédoublent à nouveau. Il estime que ce processus va prendre des semaines mais, le lendemain matin, lorsqu'il revient sur la plaine, il découvre que cette duplication a eu lieu non pas une fois, mais 20.

SANS VOUS SERVIR D'UNE CALCULETTE, POUVEZ-VOUS DONNER UNE ESTIMATION DU NOMBRE D'ARBRES QUI SE TROUVENT MAINTENANT DANS LA PLAINE ?

RÉPONSE
PG/216

TEECE

Lorsque l'ensemble de la population américaine d'origine africaine décide d'émigrer sur Mars, nombre de leurs antagonistes habituels sont furieux de se retrouver privés de leurs boucs émissaires et de leur main-d'œuvre bon marché. L'un d'eux, Samuel Teece, va jusqu'à tenter d'enfermer autant de personnes qui partent que possible, sous les prétextes les plus fallacieux. Finalement, il est forcé par ses proches de les laisser s'en aller.

Les autres membres de la famille de Teece ne partagent pas ses préjugés. En plus de ses parents, Samuel a un frère aîné et un cadet, et chacun des trois frères a une sœur.

COMBIEN DE FRÈRES ET SŒURS SAMUEL A-T-IL ?

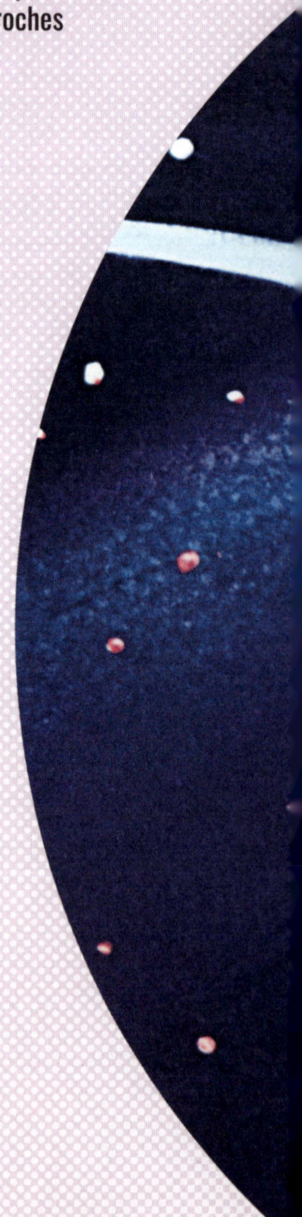

RÉPONSE
PG/216

ÉLECTRICIENS

Lorsque les indigènes martiens ont commencé à disparaître, ils ont laissé leurs villes derrière eux. Avec le temps, elles sont tombées en ruine, comme le font toutes choses. Lorsqu'il ne resta plus que des os, des murs et quelques coins de maisons, les enfants des nouvelles colonies terriennes s'y installèrent pour y jouer, faire semblant… et détruire.

Dans une demeure saccagée, un peu moins ravagée que d'autres, un groupe d'enfants trouve une ampoule à filament intacte dans une pièce fermée, et une série de trois interrupteurs sur le mur un peu plus loin dans le hall à moitié effondré. Un des interrupteurs allume la lumière, ils décident donc d'en faire un jeu.

Le but du jeu est de deviner quel interrupteur allume l'ampoule, mais il faut que ce soit un défi. Les règles sont donc qu'on peut actionner n'importe quel interrupteur tant que la porte est fermée et qu'on ne peut pas voir le résultat, et ensuite il faut se rendre dans la pièce et annoncer le résultat.

COMMENT ÊTRE CERTAIN DE CHOISIR LE BON ?

RÉPONSE
PG/217

USHER

Suite à l'avènement de l'Institut de l'Hygiène morale sur Terre – et le niveau terrifiant de censure qu'il engendre –, William Stendhal se retire sur Mars et, avec l'aide d'un ami, met au point une immense maison hantée dans le style de la maison Usher de Poe. La demeure est remplie de pièges mortels de toutes sortes, et le duo utilise une grande quantité de désherbant pour dégrader le paysage alentour. Puis ils laissent entendre, malhonnêtement, qu'un immense trésor de littérature et de films se trouvent à l'intérieur.

Comme il l'espérait, les équipes d'inspection de l'Hygiène morale sont attirées par la maison et, l'une après l'autre, elles tombent dans les pièges, chacun étant conçu en hommage à un chef-d'œuvre de l'horreur. Si les victimes avaient été plus cultivées, elles auraient été épargnées.

Imaginez que vous ayez été capturé et placé, complètement nu, au sol, au centre d'un très grand champ de force plat et parfaitement lisse, similaire par sa forme à une immense table. Il n'y a rien à portée et vous ne pouvez pas vous mettre debout, parce qu'il n'y a aucun moyen de prendre appui. Personne ne viendra vous aider.

Y A-T-IL UN MOYEN DE QUITTER LE CHAMP DE FORCE ?

RÉPONSE
PG/217

GRIPP

Walter Gripp et l'une des dernières personnes encore sur Mars après le retour collectif des colons sur Terre. Suite à une mésaventure entièrement auto-infligée, il fuit une ville de colons désertée. Dans sa hâte, il monte dans un bus automatique, mais le système de pilotage tombe en panne et il se retrouve coincé dans une machine qui file à travers le paysage plat et vide de Mars à la vitesse constante de 50 km/h. Malgré tous ses efforts, il ne parvient pas à arrêter le bus. Le mieux qu'il réussisse à faire, c'est ouvrir les portes.

Plutôt que de se retrouver isolé quelque part, peut-être à des centaines de kilomètres de toute source d'eau, de nourriture et d'un abri, il décide qu'il doit sauter tant que la ville est encore au moins visible à l'horizon.

DANS QUELLE DIRECTION GRIPP A-T-IL INTÉRÊT À SAUTER ?

RÉPONSE
PG/218

GLACE

Le colon martien LaFarge est surpris de découvrir son fils, Tom, à l'extérieur de leur demeure un soir, car Tom est mort depuis des années. Bien que l'épouse de LaFarge accueille Tom sans poser de question, le vieil homme a plus de sens critique. Après avoir discuté avec lui, il découvre que Tom est un natif de Mars qui possède des pouvoirs mentaux lui faisant prendre la forme physique et mentale du fils décédé du couple.

Tom a de nombreuses visions intéressantes à partager avec LaFarge et sa femme pour les aider à mieux appréhender l'environnement martien. Par exemple, durant une vague de froid, il remarque que LaFarge est un peu chancelant lorsqu'il se retrouve devant une plaque de verglas. Il recommande au vieil homme de ne pas se concentrer sur le verglas présentant des aspérités, mais de plutôt marcher sur les plaques les plus lisses et plates qu'il puisse trouver.

POURQUOI DONC ?

RÉPONSE
PG/218

FUSÉES

Lorsqu'une nouvelle série de guerres nucléaires éclatent sur Terre, une famille élargie parvient à voler une fusée du gouvernement et s'en sert pour se rendre sur Mars. À ce stade, la planète a été débarrassée de tout Martien indigène et a ensuite été colonisée, puis abandonnée par les Terriens. La famille sélectionne une des villes abandonnées par les colons, atterrit là et saborde la fusée afin de ne pas être tentée de repartir. Dans le cadre de leur rituel d'installation, ils rassemblent leurs passeports, documents fiscaux, papiers officiels, etc., et les brûlent dans un grand feu de camp. La dernière chose qu'ils brûlent est une carte de la Terre, pour marquer le fait qu'ils ont une nouvelle patrie.

Bien sûr, les relations individuelles entre les membres d'une famille étendue deviennent très complexes au fil du temps, particulièrement si toute documentation a été détruite.

QUEL EST LE LIEN LE PLUS DIRECT QUE VOUS POUVEZ AVOIR AVEC LE BEAU-FRÈRE DU FRÈRE DE VOTRE MÈRE ?

RÉPONSE
PG/220

MONSTRE

Il y a un monstre marin devant le phare de McDunn, situé sur une petite île rocailleuse proche de la côte. Cela inquiète d'abord le jeune assistant de McDunn, Johnny. Cependant, le monstre n'attaque jamais vraiment le phare – il s'arrête juste avant et gémit. La théorie de McDunn est que le monstre a entendu la corne de brume, et qu'il pense avoir trouvé un autre représentant de son espèce. Il suggère, pour qu'il se calme et cesse de gémir, qu'ils coupent la corne de brume, et qu'on n'en parle plus.

Johnny se dit que cela pourrait mettre le monstre en colère et le pousser à les attaquer. Afin de l'aider à se détende, McDunn lui montre la grosse chaîne attachée autour du cou du monstre, trop solide pour qu'il puisse la briser. Il l'a observée attentivement, et la chaîne mesure 90 m de long. L'île, elle, est à 150 m de là.

Lorsque McDunn éteint la corne de brume, le monstre devient féroce, comme Johnny le craignait. Bien que McDunn ait raison au sujet de la chaîne, le monstre charge quand même jusqu'au phare, et le détruit.

COMMENT ?

RÉPONSE
PG/220

APPARTENANCE

L'existence sans histoire de Guy Montag est bouleversée lorsqu'il rencontre sa nouvelle voisine, Clarisse McClellan. La majeure partie de la société est illettrée et hédoniste, et c'est en partie de son fait. En tant que pompier, son travail consiste à localiser les livres, qui sont illégaux, et à les brûler, ainsi que la maison qui les contenait. En parlant à Clarisse, il découvre sa curiosité et sa liberté de pensée, et commence à se rendre compte à quel point il est devenu étroit d'esprit et prisonnier.

Lorsque Clarisse et sa famille disparaissent, Montag se retrouve à réfléchir sur tout ce dont ils ont parlé, y compris la manière dont les schémas de pensée peuvent être restreints. Par exemple, considérez ces trois séries de nombres :

A : 36, 60, 89

B : 23, 54, 91

C : 17, 44, 74

À QUEL GROUPE LE NOMBRE 16 APPARTIENT-IL ?

RÉPONSE PG/220

LUMIÈRE

Montag et son collègue Beatty sont à la caserne tard un soir de pluie lorsqu'ils reçoivent un appel identifiant un lecteur clandestin. Mme Phelps déclare que quelques instants plus tôt, dans son petit salon, elle regardait son écran mural lorsqu'elle a jeté un œil par la fenêtre. De l'autre côté de la palissade du jardin, elle a remarqué son voisin debout sous un grand arbre au fond de son propre jardin. L'homme est censé être en voyage, et en effet la maison semble vide depuis plusieurs jours. Maintenant, elle est certaine qu'il s'agit d'une ruse, ce qui suggère fortement qu'il se sert de ce répit pour rester caché chez lui, à lire.

Ce type d'attitude mystérieuse est certes fort suspecte. L'alarme incendie se déclenche, et Montag, Beatty et le reste des pompiers foncent à l'adresse concernée. Alors que l'équipe entre et commence à fouiller l'endroit en quête de littérature ou d'autre matériel interdit, Montag comprend que, d'une manière ou d'une autre, Mme Phelps a menti.

POURQUOI ?

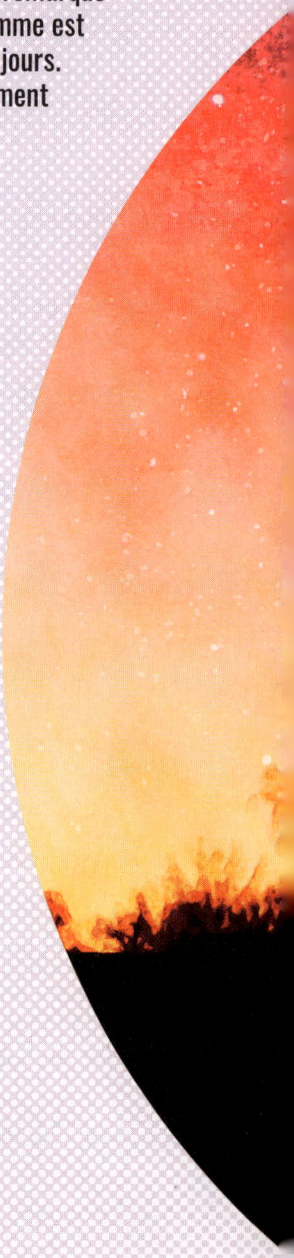

RÉPONSE
PG/221

EXIL

Une fois que Montag a échappé à ses anciens collègues pompiers, il rejoint les marginaux, un groupe d'anciens intellectuels qui vivent dans les zones sauvages, loin de l'oppression du régime. Peu après son arrivée, la guerre crainte depuis longtemps éclate, et la ville est détruite par une bombe nucléaire. Le régime dans son ensemble est oblitéré.

Le chef des exilés, Granger, apprend depuis longtemps à son peuple à mémoriser les livres afin que, lorsque la société s'effondrera, ils puissent la rebâtir. Une fois la poussière retombée, Montag et les exilés commencent à revenir vers la ville, afin d'aider les survivants et d'entamer le long et lent processus de reconstruction.

Lors du voyage retour, Montag parle aux autres exilés, et il est sidéré lorsque l'un d'entre eux lui révèle que le père de Granger était très âgé quand il est né – plus vieux même que son grand-père.

COMMENT ?

RÉPONSE
PG/221

CARNAVAL

La Fête foraine des Ombres de Cooger et Dark est un carnaval ambulant empli de sinistres mystères et d'étranges individus. Il arrive à Green Town au beau milieu de la nuit, et très vite les rumeurs vont bon train au sujet de ces apparitions atypiques et de leurs attitudes inhabituelles. Les jeunes adolescents Will Halloway et Jim Nightshade sont fascinés par le carnaval et les choses qu'il évoque. Le manège semble capable de faire rajeunir ou vieillir les gens et, s'il faut en croire l'expérience de la professeure des garçons, Miss Foley, le labyrinthe des miroirs est particulièrement terrible.

Bien sûr, les miroirs normaux sont déjà bien étranges, à leur manière. Lorsqu'on regarde dans un miroir, l'image apparaît inversée horizontalement, mais pas verticalement. Si on ferme son œil droit, le reflet ferme l'œil gauche. C'est quelque chose que l'on considère comme une évidence, mais les choses ne sont pas aussi simples qu'il y paraît.

LA LUMIÈRE SE DÉPLACE ENTRE VOUS ET LE MIROIR EN LIGNE DROITE, ET VOUS POUVEZ TOURNER CE DERNIER DANS UN SENS OU DANS L'AUTRE SANS MODIFIER VOTRE REFLET. CELUI-CI EST-IL BEL ET BIEN INVERSÉ ?

RÉPONSE PG/222

TIGRES

La Planète 7 du Système Solaire 84 est située à des milliards de kilomètres de la Terre. Contrairement à la plupart des exoplanètes, elle est étonnamment belle : de douces collines verdoyantes, de magnifiques forêts, des lacs d'eau claire, des vents légers et d'immenses plaines d'herbe luxuriante et accueillante. Ramené aux enchantements de l'enfance, Driscoll, un des plus jeunes membres d'équipage, demande au vent de l'emporter pour le faire voler et, à la sidération générale, celui-ci le fait. Bientôt ils volent tous, même Chatterton, le spécialiste de l'extraction de minerai dont la société cupide finance l'exploration.

Malgré l'hostilité de plus en plus désespérée de Chatterton envers la planète, celle-ci semble leur fournir une rivière de vin fin français à boire, et leur dépose même des poissons dans une source bouillante afin qu'ils aient à manger. Lorsque le minéralogiste tente de forer dans la planète en quête de minerais utiles, la foreuse s'enfonce dans un puits de goudron dissimulé. Fou de rage, il tente d'utiliser une bombe nucléaire contre le monde, mais avant qu'il puisse le faire, il est apparemment dévoré par des tigres.

L'équipage est obligé d'accepter le fait que le monde se défend délibérément contre ce qui peut lui causer du tort, mais se change en paradis pour ceux qui savent apprécier sa beauté. Le capitaine de l'expédition, Forester, ordonne à tout le monde de retourner au vaisseau, puis il décolle et, dans son rapport, il décrit la planète comme étant mortellement dangereuse et sans la moindre ressource exploitable.

POURQUOI ?

RÉPONSE
PG/223

BRADBURY

À QUEL POINT CONNAISSEZ-VOUS RAY BRADBURY ET SON ŒUVRE ?

A. Sans aller vérifier, dans quelle décennie est né Bradbury ?
I. Les années 1900. **II.** Les années 1910.
III. Les années 1920. **IV.** Les années 1930.

B. Dans quel État américain Bradbury a-t-il longtemps résidé ?
I. L'Alaska. **II.** La Californie.
III. L'Illinois. **IV.** L'État de New York.

C. De quel crime capital Mary Bradbury, l'aïeule directe de Ray, a-t-elle été reconnue coupable ?
I. Meurtre. **II.** Espionnage.
III. Trahison. **IV.** Sorcellerie.

D. Quel type d'écriture a permis à Bradbury de réaliser sa première vente ?
I. Un texte comique. **II.** Une pièce de théâtre.
III. Un poème. **IV.** Une nouvelle.

E. Adolescent, Bradbury était connu pour pratiquer quel hobby avec enthousiasme ?
I. La chasse aux autographes. **II.** La cartographie.
III. Le modélisme. **IV.** L'observation d'avions.

RÉPONSE
PG/223

F. Combien de prix Hugo et Nebula Bradbury a-t-il remporté ?
I. 0. **II.** 1.
III. 2. **IV.** 3.

G. *451° Fahrenheit* est supposément la température à laquelle :
I. L'encre bout. **II.** Le plomb fond.
III. Le cuir se calcine. **IV.** Le papier brûle.

H. *Chroniques martiennes* illustre les problèmes moraux qui concernent une entreprise humaine. Laquelle ?
I. L'adaptation. **II.** La colonisation.
III. L'industrialisation. **IV.** La guerre.

I. Le titre *L'Homme illustré* fait référence à quel type d'illustration ?
I. Le dessin. **II.** Le graffiti.
III. La peinture. **IV.** Le tatouage.

J. L'androïde de substitution dans *Je chante le corps électrique* est censé remplir un rôle familial. Lequel ?
I. La tante. **II.** La grand-mère.
III. La mère. **IV.** La sœur.

RÉPONSES

ISAAC ASIMOV

RÉPONSES

ROBOT PG 13

Les nouveaux robots ne sont pas au courant des tests de radiation. Il faut emmener chaque robot, un à la fois, dans une salle où la source de rayons gamma a été coupée, et leur ordonner de commencer le test. Les nouveaux modèles ne savent pas que celui-ci peut causer des dommages, et ils obéiront. Le robot rebelle ne sait pas que la source de radiation est coupée, et il pense qu'agir en mettant la source en marche fera du mal. Son programme l'empêche toujours de porter atteinte aux humains par une action directe. Il est donc incapable d'obéir.

MARS PG 14

Si les paires de gants sont X et Y, chacune dispose de deux surfaces, I pour l'intérieur originel et E pour l'extérieur originel. Le chirurgien A enfile la paire X, et expose XI à sa peau, puis la paire Y par-dessus. Puis il opère le patient, exposant YE. Les deux paires sont ôtées. Le chirurgien B n'enfile que la paire Y, exposant YI et touchant le patient avec YE, mais le patient était celui qui avait déjà été exposé à YE, il n'y a donc pas de nouveau danger. Ensuite, les gants sont de nouveau ôtés. Enfin, la paire X est retournée, et le chirurgien C les enfile, exposant XE, qui jusque-là était resté stérile, puis il met la paire Y par-dessus. Le patient est une nouvelle fois exposé à YE, qui ne présente toujours pas de danger supplémentaire.

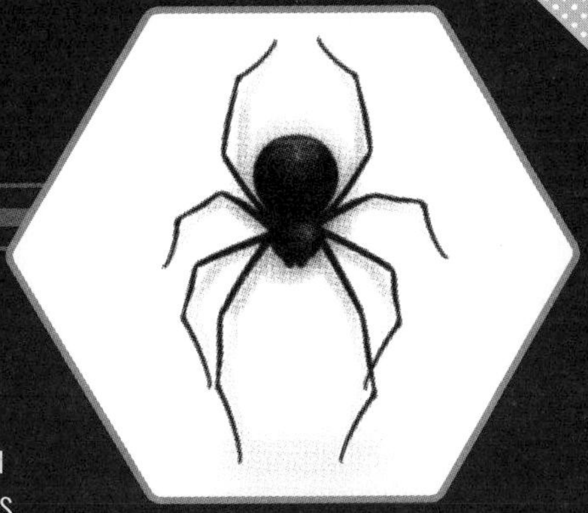

VEUF PG 16

Sa déclaration, « je n'ai pas pris l'argent ou les bons » est absolument exacte. Il n'a pas pris l'un ou l'autre, il a pris l'argent ET les bons.

ALIENS PG 17

Il existe un très grand nombre de raisons pouvant expliquer pourquoi nous ne sommes pas au courant de l'existence de formes de vie avancées dans la galaxie – il y en a tant qu'il est impossible d'en établir une liste exhaustive. Nous ne savons rien des progrès potentiels de la vie ou de la civilisation sur d'autres mondes. Cependant, la plupart des raisons plausibles de leur absence impliquent le rejet d'une des suppositions de base du paradoxe de Fermi. N'importe laquelle de ces raisons est acceptable :

1. Nous ne savons pas reconnaître l'activité des aliens. (Il faudrait qu'ils soient visibles.)
2. À l'échelle temporelle, le dernier siècle n'est pas significatif. (Ils ont pu nous rendre visite dans le passé.)
3. La connaissance humaine de la vie extraterrestre est gardée secrète. (Ils ne sont pas ici secrètement.)
4. Notre système solaire n'est pas librement accessible à l'exploration. (Nous ne sommes pas un zoo, par exemple.)
5. Les aliens ne savent pas que nous sommes ici, ou ne sont pas curieux. (Il faudrait qu'il le sache pour venir nous voir.)
6. Le voyage spatial n'est pas assez facile à pratiquer pour valoir le coup. (Il faut pouvoir voyager plus vite que la lumière.)
7. Les aliens ne veulent pas s'étendre et explorer sans limite. (Il faudrait pour cela qu'ils réfléchissent comme nous.)

ISAAC ASIMOV
RÉPONSES

LOGIQUE PG 18

La liste remplie doit contenir 3 uns, 2 deux, 3 trois, 1 quatre et 1 cinq.

Vu qu'il y a cinq espaces pour les chiffres, ainsi que cinq chiffres déjà en place, le total des nombres dans l'espace vide de la colonne doit donner 10. Tentez de placer tous les 1. Le résultat est clairement faux, mais le total des nombres de la liste vous montre 6 uns, et un de chaque des quatre autres chiffres. Réessayez alors avec 6 1 1 1 1. C'est toujours faux, mais les nombres donnent désormais 5 1 1 1 1. Essayez ces nouveaux chiffres, et vous obtenez 5 1 1 1 2. On passe ensuite à 4 2 1 1 2, puis à 3 3 1 2 1 et enfin à 3 2 3 1 1, qui est juste.

SOLAIRE PG 19

Notre galaxie se déplace dans l'univers à une vitesse d'environ 550 km par seconde. Elle tourne également sur son centre et le Soleil, vu qu'il se trouve dans l'un des bras de la spirale, tourne autour de ce point à environ 225 km par seconde. Les planètes sont entraînées par le Soleil, et donc notre trajet est une spirale très longue et étirée, une course en compagnie du Soleil à une vitesse vertigineuse.

Votre situation précise à cet instant il y a un an se trouve hors de notre système solaire – à environ **24 milliards** de km d'ici.

EMPIRIQUE PG 20

Bien que les étoiles qui composent chaque constellation semblent proches les unes des autres dans le ciel terrestre, cela est dû uniquement à la perspective. En réalité, elles peuvent être incroyablement éloignées les unes des autres – certaines sont même dans des galaxies éloignées. Elles n'apparaissent proches qu'en corrélation avec l'endroit d'où vous les observez. Dans d'autres systèmes solaires, les formes que nous connaissons maintenant ne sont tout simplement pas présentes.

ISAAC ASIMOV
RÉPONSES

ATTRACTION PG 21

C'est impossible, à moins de trouver le moyen de se rendre dans un tout autre univers. Même si en pratique l'attraction effective de la Terre est incroyablement proche de zéro à une lointaine distance, la pesanteur a une portée infinie. Tout ce qui existe tire de manière imperceptible sur tout le reste, tout le temps.

CEINTURE PG 22

Franchement, ce n'est toujours pas un vrai problème. Il suffit de faire le tour. Avant de se fondre en une étoile, le Soleil était un disque de matière en rotation, et donc les planètes – et la ceinture d'astéroïdes – se sont formées dans le plan de ce disque. Pour parler de manière très simpliste, la ceinture d'astéroïdes est plate, du moins au sens astronomique. Il faut aller un peu plus loin, mais si on le fait, on peut ensuite naviguer au-dessus ou en dessous – il est assez simple de la contourner.

AZAZEL PG 23

Azazel a volé les signatures de Picasso sur les peintures, grain par grain. Non signées, les toiles ne valent pas plus que des faux.

VESTA PG 24

Un des hommes met la combinaison et perce l'extérieur de la cuve d'eau, et l'oriente de manière à ce que, quand l'eau s'écoule dans l'espace, la réaction opposée les pousse vers la surface de l'astéroïde.

ISAAC ASIMOV
RÉPONSES

SILICONE PG 27

L'être en silicone ne fait pas de distinction particulière entre son astéroïde d'origine et le transporteur. Tous deux sont de petits objets qui se déplacent dans l'espace. Urth s'en est rendu compte, et a découvert les coordonnées du dépôt d'uranium gravées sur la coque du *Robert Q*.

OIE PG 28

Placer l'oie dans un environnement scellé et filtrer l'oxygène-18 de l'air – en utilisant l'oie pour le convertir, si nécessaire. Il y aura toujours largement assez d'oxygène normal pour que l'oie puisse respirer. Une fois l'air débarrassé de l'oxygène-18, les œufs seront débarrassés de l'or, et donc viables.

HENRY PG 29

La tranquillité d'esprit d'Anderson.

PAPIER PG 30

Il a dit au professeur quelles questions placer sur la feuille d'examen *avant* qu'elle soit enregistrée – et l'a grassement payé pour ce faire. Il était inutile que le professeur lui révèle quoi que ce soit, à quelque moment que ce soit, étant donné que Lance était à l'origine des questions.

ISAAC ASIMOV
RÉPONSES

MAIRE PG 32

Aucune loi n'interdit à un robot de faire du mal à un autre robot. Si le perturbateur est aussi un robot à apparence humaine, Byerley a aisément pu le frapper sans violer la Première Loi.

PASSÉ PG 33

Comme le fait remarquer l'agent, le passé débute à l'instant infinitésimal qui précède le présent. Le chronoscope est l'engin d'espionnage parfait, capable de voir dans toutes les maisons, salles de réunion et installations secrètes avec une clarté totale. L'engin a totalement éliminé toute trace de vie privée du monde, le transformant en paradis des voyeurs.

INFILTRÉS PG 35

Il tue immédiatement l'agent secret. La seule manière ayant permis aux robots infiltrés d'être au courant de la projection est que l'information leur ait été transmise directement, et l'agent est le seul à avoir pu le faire.

Alors que le corps de l'agent s'effondre, il s'en écoule de l'huile plutôt que du sang, ce qui confirme que lui aussi était un susbtitut.

CONFLIT PG 36

Donovan s'est mis en danger de mort à portée de vue de Speedy. La Première Loi prime sur la Deuxième et la Troisième, et donc les impératifs en opposition sont suspendus. Speedy redevient rationnel, sauve Donovan, et ce faisant, il reçoit l'instruction lui précisant la véritable importance du sélénium, ce qui le rend capable d'aller le chercher afin que la station puisse continuer à être alimentée en oxygène.

ASIMOV PG 38

A. IV, Russie.

B. III, New York.

C. III, L'avion.

D. II, La philosophie.

E. I, Les lieux clos.

F. I, Susan Calvin.

G. IV, La psychohistoire.

H. III, Radioactivité.

I. II, Mystère.

J. II, Lucky.

ROBERT A. HEINLEIN
RÉPONSES

STOBOR PG 45

En avertissant les recrues contre une chose dont ils ne peuvent absolument rien savoir, ils sont mis en garde contre l'inconnu, et préparés à considérer la nature extraterrestre vers laquelle ils sont envoyés avec toute la précaution requise.

JUMEAUX PG 46

Le temps passe plus lentement lorsqu'on voyage presque à la vitesse de la lumière. Même si du point de vue de Tom c'est la Terre qui s'éloigne, un observateur extérieur verrait la Terre – et Pat – se déplaçant toujours à la vitesse de 800 000 km/h, juste 1/3000e de la vitesse de la lumière. Pat, restant sur Terre, va vieillir plus vite.

Deux théories principales expliquent pourquoi le temps passe plus lentement pour Tom dans le vaisseau, un phénomène appelé « dilatation temporelle ». Albert Einstein a suggéré que c'est l'accélération jusqu'à la vitesse de la lumière, interagissant avec les champs gravitationnels de l'univers, qui produit la dilatation temporelle. L'autre théorie suggère en gros que la multiplicité des cadres d'inertie que les corps subissent à la vitesse de la lumière rendent les routes spatio-temporelles de la Terre et du vaisseau non symétriques, ce qui crée la dilatation temporelle.

GRAND

PG 47

L'infini est, par nature, illimité – l'idée qu'il ait une fin n'a pas de sens. La manière lente et simple consiste à demander à chaque client actuel de quitter sa chambre actuelle pour aller dans la suivante, de louer la chambre N°1 à un nouveau client, et de répéter infiniment l'opération. Une option plus rapide serait de demander à tous les clients actuels de changer de chambre pour celle dont le numéro est deux fois plus grand que celui de leur chambre actuelle, ouvrant ainsi un nombre infini de chambres aux numéros impairs pour les nouveaux arrivants. Mais il existe littéralement un nombre infini de méthodes pour assigner de nouvelles chambres. La chose qu'elles partagent toutes est la vérité profondément contre-intuitive que l'infini plus l'infini n'est toujours que l'infini.

FAMILLE

PG 48

Si Diana est la cousine issue de germain au troisième degré de Carrie, l'arrière-grand-mère de Carrie était la sœur de l'arrière-arrière-grand-mère de Diana. Si on descend de deux générations, la grand-mère de Diana, Anne, est la cousine issue de germain de la mère de Carrie, Betsy, et donc la cousine issue de germain au deuxième degré de Carrie, et la cousine issue de germain au deuxième degré du petit Robert.

ROBERT A. HEINLEIN
RÉPONSES

POUSSIÈRE PG 50

Clark a placé le paquet dans le bagage de sa sœur, et s'est montré hostile pour distraire les agents de douane, afin que sa sœur et son oncle n'attirent pas l'attention.

PESANTEUR PG 51

Faisons tourner le vaisseau spatial sur son axe. La force centrifuge* générée est identique par sa nature à la pesanteur. Pour qu'elle corresponde à celle de la Terre, il suffit de régler la rotation et la position des quartiers d'habitation de l'équipage. La force est plus puissante loin du centre, et donc au cœur du vaisseau la pesanteur sera toujours absente en apparence, mais tant que l'équipage passe le plus clair de son temps dans une pesanteur normale, il ne sera pas affecté physiologiquement.

Soit dit en passant, l'accélération du vaisseau en ligne droite à la même vitesse que la pesanteur terrestre classique fournirait une pesanteur apparente tirant vers l'arrière du vaisseau. Pour des voyages courts cela est suffisant, mais au fil du temps le vaisseau va finir par approcher de la vitesse de la lumière et devra cesser d'accélérer car sa masse augmentera, et la gravité artificielle disparaîtra donc.

* Au risque de paraître hermétique, la force centrifuge n'existe pas vraiment - il s'agit d'un raccourci pour définir l'expression de l'inertie qui se produit en réponse à la force de réaction qui empêche la matière en rotation de s'envoler loin du point de rotation, considérée depuis le cadre interne de référence de cette rotation.

CURIOSITÉ PG 52

Les chromosomes des œufs et du sperme de leurs parents ont effectivement été divisés chacun en deux, chaque moitié contenant 50 % de l'ADN de chaque parent. Ces moitiés ont été recombinées dans des pré-embryons et implantées dans une mère porteuse. Les bébés résultants sont qualifiés de « jumeaux miroir ». Il est normal pour un enfant d'avoir un mélange équitable de gènes de son père et de sa mère, mais la probabilité que deux frère et sœur disposent de mélanges génétiques complémentaires exactement opposés est si faible qu'elle est fonctionnellement introuvable dans la nature.

LUX PG 53

Ils présentent les détails et les schémas de l'engin à tout un chacun, ne demandant qu'une petite part des royalties en retour. Cela permet à tout le monde de générer autant de courant électrique que nécessaire, et de ruiner le Syndicat.

BROUTILLE PG 54

Si vous avez répondu moins de 10 km, bien joué. La bonne réponse est qu'elle parcourra à peine 4 km. Nous considérons l'air qui nous entoure comme sans substance parce que nous sommes (presque) tout le temps plongés dedans, mais cette impression est très éloignée de la réalité. Cela illustre la complexité à laquelle Libby doit sans cesse faire face.

ROBERT A. HEINLEIN

RÉPONSES

EN ROUTE PG 56

Les techniciens ont tous passé des évaluations psychologiques détaillées, et Van Kleeck a eu accès à tous leurs dossiers. À l'aide de ces informations, il les a répartis en groupes pouvant être motivés de manière similaire, les a rassemblés, et a directement utilisé leurs faiblesses et leurs préjugés spécifiques.

Il s'agit d'une technique remarquablement efficace.

ITINÉRAIRE PG 57

Oubliez le nombre de lieux possibles sur un réseau : les seuls qui comptent pour ce problème sont ceux auxquels vous devez vous rendre. Ils composent effectivement votre réseau personnel pour le voyage. Chaque destination que vous ajoutez au réseau augmente exponentiellement le nombre de chemins possibles. De façon spécifique, si vous ajoutez la Xe destination, vous multipliez le nombre précédent de routes possibles par X. Et donc, si vous avez une destination, il n'existe qu'un chemin. Deux destinations vous donnent deux chemins, parce que 1 x 2 = 2. Trois destinations donnent six chemins (1 x 2 x 3 = 6). Quatre donnent vingt-quatre chemins, etc.

Trouver le chemin le plus efficace entre 60 destinations – une tâche parfaitement réaliste pour un seul coursier en van – requiert l'analyse d'approximativement autant de chemins qu'il y a d'atomes dans tout l'univers (8×10^{81}).

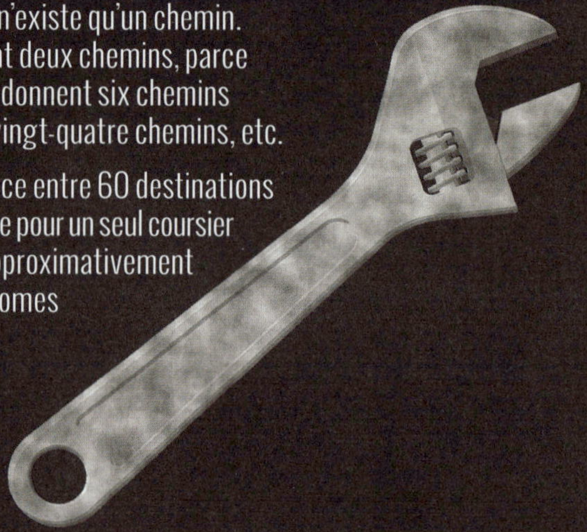

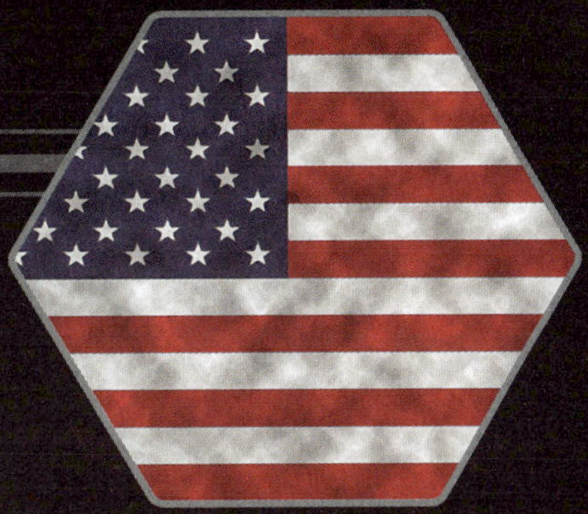

SCUDDER PG 58

Le gardien lui a menti – une autre voiture était présente dans le parking durant plusieurs heures, suffisamment longtemps pour que la pluie tombe puis cesse, laissant une marque de sol sec là où elle était garée. Le mensonge rend probable le fait qu'il soit l'un des espions du Prophète.

CAPTIVITÉ PG 59

Oui, il a deux chances sur trois de passer sain et sauf. Appelons la bonne porte X, la porte du débarras non piégé Y, et celle du débarras piégé Z. Il a six possibilités d'ordre pour ouvrir les portes. Dans deux cas sur six, il commence par X, et s'échappe en 10 minutes. S'il commence par Y, puis passe par X, il s'échappe en 20 minutes. S'il commence par Z puis passe à X, X prendra plus de temps, mais il s'échappera quand même en 25 minutes. C'est seulement s'il passe par X en dernier qu'il sera pris – ZYX lui prendrait 40 minutes, et YZX, 35 minutes.

SERVICE PG 60

Si le lieu ne peut être changé et que les délégués doivent être présents, alors la seule variable ajustable est la pesanteur elle-même. La société entreprend donc de développer un système antigravitationnel permettant aux délégués d'évoluer en sécurité et confortablement à la surface de la planète.

RÉPONSES

DÉTAILS PG 62

Si vous avez estimé entre 20 et 25 ans, bien joué. Si vous avez calculé, encore mieux ! En déposant 245 $ par semaine, cela lui prendra 1 212 semaines – c'est à dire 23 ans, 3 mois et 21 jours – pour rembourser sa dette, et à ce stade il aura payé un total de près de 300 000 $.

Pour calculer la chose avec précision, il faut partir des équations des intérêts composés. Elles sont en général présentées de manière à définir la somme du paiement régulier, mais disons que **N** est le nombre de paiements, **P** le montant du paiement, **V** la valeur du prêt originel et **i** le taux d'intérêt calculé comme étant une fraction du paiement. Alors $N = \log(P/(P-Vi))/\log(1+i)$. Un taux de 1 % par mois nous amène à 12,683 % par an, ce qui veut dire 0,2298 % par semaine. Et donc, dans l'équation, i est 0,002298. P et V sont définis : P est 245, et V est 100 000, et multiplier V par i pour obtenir Vi donne 229,8. Le nombre de paiements N est donc log(245/15,2)/log(1,002298), ce qui nous donne 1 211,1 semaines.

ROBERT A. HEINLEIN
RÉPONSES

NAVETTE PG 65

Le passager, Michael. Il sait qu'un casier a été ouvert, alors que le capitaine lui a seulement demandé s'il a remarqué quelque chose de suspect.

LUMIÈRE SOLAIRE PG 66

42,41 m par seconde. Son diamètre de rotation, **r**, est passé de 100 m à 135 m, mais sa vélocité angulaire, **A**, est toujours de 3 tr/min, il se déplace donc plus vite. Sa vitesse tangentielle **V** est Ar, mais pour éviter de devoir prendre en compte les constantes de conversion des tr/min : il nous faut convertir 3 révolutions par minute en radians par seconde. Les radians mesurent un angle, donc les radians par seconde nous disent à quelle vitesse quelque chose se déplace sur une trajectoire circulaire. Par définition, il y a 2π radians dans un cercle, et une révolution est un cercle complet à partir d'un point arbitraire de la circonférence. Donc 3 tr/min en 60 secondes donne 6π radians, et en radians par seconde, 6/60 tr/sec (ou 0,1)π.
Donc V = 135 x 0,3142 = 42,41.

GOUVERNEUR PG 67

Juste Bob lui-même. Imaginons que la mère de Bob ait deux frères. Bob a un frère et une sœur, et ils ont épousé la fille et le fils d'un de leurs oncles. Bob lui-même a autrefois épousé, avant de la perdre, la fille de son autre oncle. Ainsi sont regroupées les quatre relations en une seule personne, le père des conjoints de ses frères et sœurs. Si cet homme meurt, et que Bob épouse sa veuve, alors Bob lui-même devient cette personne.

VIDE PG 69

Konski est assis sur la fuite. Entre le matériau protecteur de la combinaison et sa propre masse, il peut efficacement boucher le trou sans se mettre en danger.

HEINLEIN PG 70

A. II, Grok.

B. IV, Du matelas à eau.

C. IV, La Navy.

D. III, Tailler la pierre.

E. II, Anson.

F. IV, *Total Recall.*

G. I, Un être artificiel.

H. II, Se révolte.

I. I, L'histoire future.

J. I, Les dimensions alternatives.

ARTHUR C. CLARKE

RÉPONSES

CRISES PG 76

Le signal est un test pour les formes de vie intelligentes capables de voyager dans l'espace se développant sur Terre. Lorsque les scientifiques parviennent enfin à traverser le champ de force – à l'aide de la « puissance atomique » –, cela est considéré comme une preuve d'intelligence. Le signal cesse donc de transmettre, afin d'alerter la civilisation qui l'a installé là. Stopper un signal continu est une méthode d'alerte plus sûre que de lancer un signal après un silence, car quoi qu'il arrive au signal, ou à quelle vitesse, le message est de toute façon transmis.

BESTIOLE PG 77

La radiation solaire. C'est une source d'énergie extrêmement puissante – plus que suffisante pour entretenir une forme de vie adaptée.

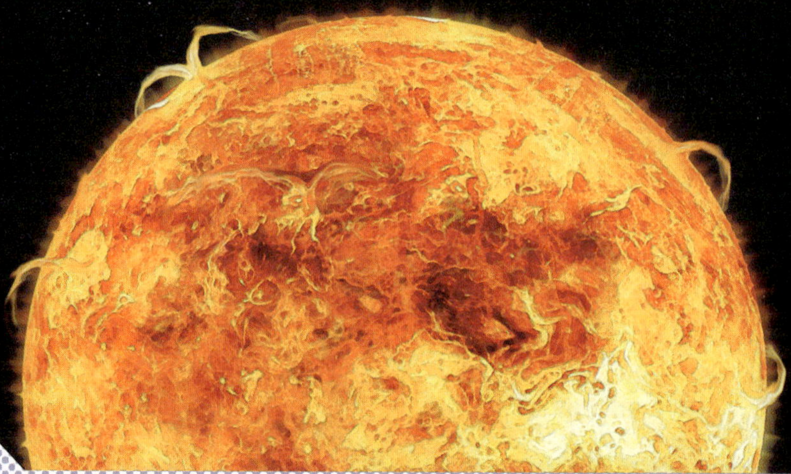

MALICE PG 78

La cosmonaute disposait d'un magnétophone, et bien qu'elle n'ait pas pu lui répondre, elle a pu enregistrer les menaces et les sarcasmes de Tibor.

DEUS PG 79

L'équation permettant de calculer le nombre possible de permutations, **P**, d'un nombre d'éléments, **r**, issus d'un ensemble plus vaste d'options de taille **n**, est **P** = **n!** / (**n**-**r**)**!** – mais elle peut être simplifiée en réfléchissant logiquement.

Le terme n! est la manière rapide d'écrire 1 x 2 x 3 x ... et ainsi de suite jusqu'à ... x n. Si n = 6, alors n! = 1 x 2 x 3 x 4 x 5 x 6. Donc le terme (n-r)! signifie 1 x 2 x 3 x ... x (n-r). Si n = 6 et r = 2, alors (n-r) = 4, et (n-r)! est 1 x 2 x 3 x 4. Ce qui fait que n!/(n-r)! devient 6!/4!, ou 1 x 2 x 3 x 4 x 5 x 6/ 1 x 2 x 3 x 4. Si un terme identique apparaît en haut et en bas d'une division de cette manière, on peut l'ôter des deux parties. En d'autres termes, 6!/4! = 5 x 6. Ce principe reste vrai pour toutes les permutations de ce type.

La question nous informe sur le fait qu'environ la moitié des permutations possibles de l'alphabet sont invalides. On cherche donc un nombre total de permutations possibles, P, qui se situe un peu en dessous de 18 milliards. De plus, on sait que r, le nombre de lettres dans chaque nom, est 9. De façon pratique, cela signifie que si on étend n!/(n-r)! en une liste de 1 x 2 x 3 x ... , et qu'on élimine les termes communs au-dessus et en dessous, la réponse commence en fait à 10 x 11 x 12 x ... et se poursuit jusqu'à n. Plutôt que de se plonger dans des équations du second degré complexes, tentez de progresser à l'aide d'une calculette, un terme à la fois. Donc, 10 x 11 = 110, puis 10 x 11 x 12 = 1 320, etc. Vous allez vite constater que 10 x 11 x 12 x 13 x 14 x 15 x 16 x 17 x 18 = 17 643 225 600 : un peu moins de 18 milliards.

L'alphabet divin dispose de 18 caractères.

ARTHUR C. CLARKE

RÉPONSES

ZEUS PG 80

Le mont Zeus est, en fait, un éclat du noyau en diamant pur de Jupiter planté dans Europe durant la transformation, et qui s'est profondément ancré dans la nouvelle planète.

VÉLO SPATIAL PG 83

Il ôte sa chemise et s'en sert de parachute. Entre la faible pesanteur et la densité atmosphérique régulière, cela lui confère une portance suffisante pour qu'il puisse atterrir sans dommage au pied de la falaise.

DÉFAILLANCE PG 84

Les ordres de Hal sont de dissimuler la véritable mission du *Discovery* à l'équipage, mais ses instructions sont contraires à la base de sa programmation, qui l'oblige à découvrir et à relayer des informations exactes. Incapable de réconcilier ces deux impératifs, il est de plus en plus distrait jusqu'à ce qu'il décide que la meilleure manière de ne pas avoir à mentir à l'équipage est de l'éliminer.

REFUGE PG 85

De sévères coups de soleil – des brûlures dues aux radiations, en fait. Il n'est pas difficile de retenir son souffle durant 20 secondes. L'absence de pression de l'air due au fait de se trouver dans le vide n'est pas un facteur suffisant pour faire exploser le corps ou éclater les globes oculaires, ou toutes les autres menaces hollywoodiennes qui pèse sur les personnages jetés dans le vide. Même si l'espace est froid loin des étoiles, l'intérieur du système solaire a plutôt tendance à avoir le problème inverse. Sans atmosphère pour en absorber ou en refléter la majeure partie, ou une ombre propice pour s'abriter, les énergies du Soleil sont d'une puissance dangereuse.

CROISIÈRE PG 86

La température. La poussière est un isolant très efficace, et le vaisseau en étant submergé, la chaleur générée par les passagers et l'équipage n'a nulle part où s'échapper. Alors qu'elle croît, les gens à bord du *Sélène* courent le risque d'être victimes de coups de chaleur, et d'y succomber.

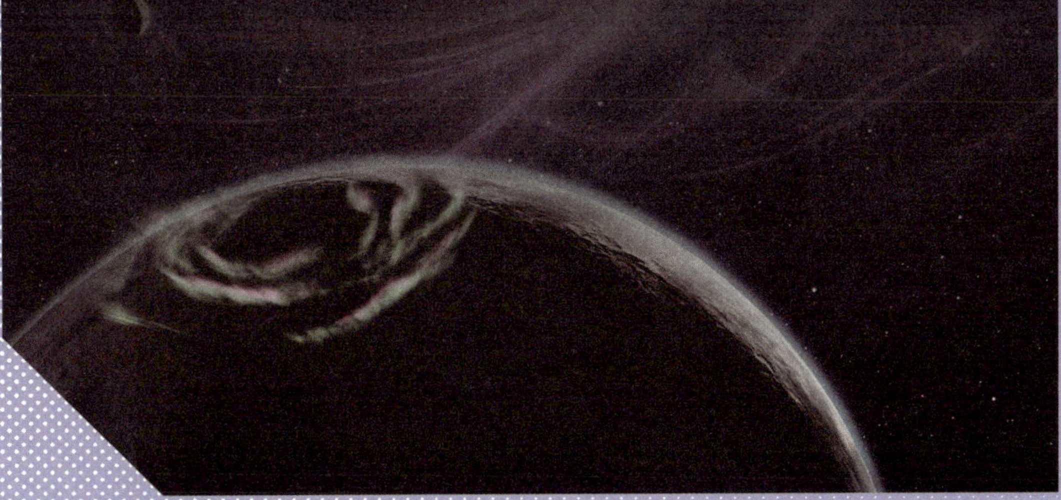

ARTHUR C. CLARKE
RÉPONSES

INVERSÉ PG 88

De nombreux nutriments essentiels, dont les acides aminés, sont des molécules chirales, c'est-à-dire qu'elles ne sont pas symétriques dans leur réflexion. Étant donné que les molécules du corps de Nelson ont été inversées, elles ne peuvent désormais assimiler que des nutriments ayant eux aussi été similairement inversés. Or ceux-ci n'existent pas dans la nature et ne peuvent que très difficilement être créés.

PILOTE PG 90

Le vaisseau appartient à un studio de cinéma qui s'apprête à tourner un film dans et autour de la station. Les objets sont des accessoires.

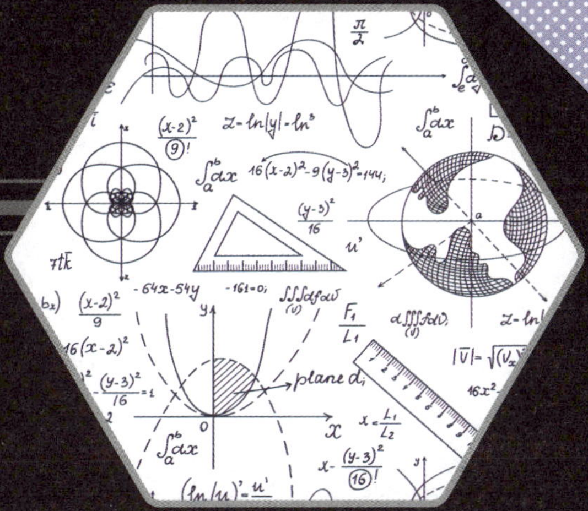

SECRETS PG 91

Non. Il y a une différence significative entre la durée de vie moyenne effective et l'espérance de vie théorique maximale – 104 ans pour les humains, un chiffre qui n'a pas changé depuis des dizaines de milliers d'années. Doubler l'espérance de vie théorique maximale aurait peu d'impact sur la durée de vie effective. Certains pays, comme les États-Unis, ne considèrent pas « la vieillesse » comme une cause de mortalité, mais dans les endroits où cela est le cas, un taux de mortalité de 8 % dû à la vieillesse est assez classique. En fait, la vieillesse ne devient la cause de mortalité la plus courante que bien après 90 ans, un âge atteint par environ 15 % de la population. Le cancer et les maladies cardiaques tuent bien plus de personnes avant cela. Même si on imagine que d'une manière ou d'une autre, tout le monde parvienne à 95 ans puis soit immunisé contre le cancer et les autres maladies, la population à laquelle Henry Cooper est habitué n'augmenterait donc que de 15 % : « à peine » un milliard de personnes, en gros. Dans les faits, les mêmes problèmes continueraient à tuer les personnes très âgées, et au total, l'augmentation de la population ne serait que de quelques pourcents. Les estimations du nombre de personnes que la Terre peut supporter indéfiniment varient entre quatre et dix milliards, le chiffre exact probable devant se situer entre six et huit milliards. En mars 2020, nous étions 7,8 milliards.

RÉPONSES

TÔT PG 92

La Terre et Jupiter tournent autour du Soleil à des vitesses très différentes. Au plus près, les planètes sont écartées d'un peu plus de 6,25 millions de km ; au plus éloigné, d'un peu plus de 9,25 millions de km. Les fenêtres de tir sont extrêmement complexes à définir, mais au bout du compte, le fait est qu'aucun des deux vaisseaux ne dispose d'assez de carburant pour effectuer le long périple de retour s'ils partent trop tôt. Les équipages finissent par utiliser le *Discovery* comme fusée d'appoint afin d'échapper à l'orbite de Jupiter, ce qui permet au *Leonov* de conserver suffisamment de carburant pour effectuer le voyage de retour, plus long et plus complexe.

NORD PG 95

Le *Doradus* est piloté par des humains, et les reflexes d'un humain, même bien entraîné, exigent un dixième de seconde pour répondre à un signal sonore, et deux fois plus pour un signal visuel. En un dixième de seconde, en partant du point mort, le *Doradus* va avancer de 10 m, et en une seconde complète, il se déplacera à plus de 3 200 km/h. Ses lasers sont orientés vers l'avant, et ses propulseurs sont orthogonaux – il est conçu pour le combat spatial, où les vaisseaux ennemis font face aux mêmes problèmes d'élan et de manœuvrabilité que lui. K-15, en revanche, est à pied, et même à fond, à 1,6 km/h, il n'a pas vraiment à s'inquiéter de l'élan. Le mieux que le *Doradus* puisse espérer, c'est de parvenir à le mitrailler de haut, et cela ne sera même possible que si K-15 est assez bête pour rester dans la même direction durant une longue période. K-15 devrait s'en sortir.

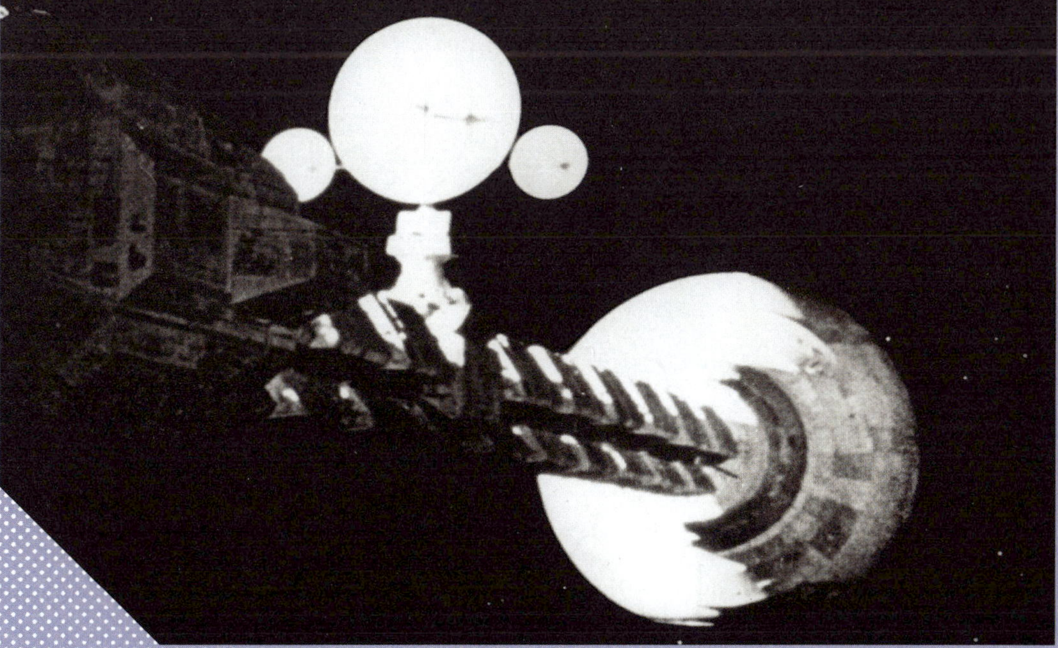

ARTHUR C. CLARKE

RÉPONSES

VIRAL PG 96

Le rapport de défaillance mettant 450 ans à arriver aux extraterrestres, et leur réponse nécessitant vraisemblablement 450 ans de plus pour revenir, Poole estime qu'il sera mort depuis longtemps, et que l'espèce a tout le temps d'établir des stratégies pour survivre.

ARME PG 97

À un moment, vous atteindrez un seuil où tout simplement augmenter le niveau de douleur n'en vaudra pas la peine. La décharge suivante sera encore acceptable, elle ne sera pas sensiblement pire que la précédente, mais celle d'après sera véritablement pire que celle que vous venez de recevoir. Et donc, vous devez vous arrêter après l'activation suivante.

HARRY PG 99

Le van livrait une importante cargaison d'abeilles à un apiculteur local et n'avait rien à voir avec le laboratoire. Le fluide qui semblait s'écouler était un essaim, sonné et désorienté après la destruction des caisses qui le transportaient.

CACTUS PG 100

Il examinait la plante quand elle a expulsé une graine avec suffisamment de puissance pour perforer son casque et son crâne. Il est mort sur le coup.

PARFAIT PG 101

Aucune. Bien qu'une sphère creuse attire les objets extérieurs comme le ferait n'importe quelle masse, à l'intérieur il n'y a pas d'attraction gravitationnelle brute. Au centre, il est assez évident de voir pourquoi, étant donné que chaque point autour de vous exerce une attraction égale, et qu'ils s'annulent mutuellement. En s'approchant d'un point de l'intérieur de la sphère, celui-ci exerce un effet plus important sur vous - mais il est parfaitement compensé par le pourcentage d'autres points qui vous attire dans la direction opposée.

CLARKE PG 102

A. II, Britannique.

B. III, Stanley Kubrick.

C. I, L'Air Force.

D. III, 1:4:9.

E. I, La plongée avec bouteilles.

F. IV, La troisième.

G. IV, La polio.

H. II, Le Sri Lanka.

I. III, *Arthur C. Clarke's Strange World.*

J. IV, Le Cerf Blanc.

URSULA K. LE GUIN

RÉPONSES

ANSIBLE PG 108

Après 60 secondes, la vitesse du vaisseau devient infinie – mais l'infini n'est pas un aspect tangible de la réalité physique. « Infiniment loin » n'a pas de sens, parce que tout endroit de l'espace-temps qui a la possibilité d'exister n'est pas, par définition, infini. Donc, la réponse dépend vraiment de l'univers. Si la réalité s'étend à l'infini, le vaisseau est en dehors de la réalité, ce qu'on peut mieux décrire comme étant « nulle part ». Si la réalité ne s'étend pas à l'infini mais au lieu de cela se replie sur elle-même (la théorie la plus en vogue actuellement dans le domaine de la physique expérimentale), alors le vaisseau se déplace à travers tout l'univers simultanément, ce qu'on peut mieux décrire comme étant « partout ». Cela est, bien sûr, impossible.

LEGS PG 109

Bien qu'elle n'ait, dans les faits, passé que deux jours à voyager, elle a passé ce temps juste en dessous de la vitesse de la lumière. Le musée se trouve à 10 années-lumière de Fomalhaut et, en ce qui concerne l'univers, elle est partie depuis 20 ans.

EMBARGO PG 110

Les ennemis de la Ligue se sont déjà établis sur Fomalhaut II et ce, depuis un certain temps. Ils détruisent le vaisseau de Rocannon, emportant son ansible au passage. La planète étant sous embargo, personne ne va le chercher ou lui vient en aide.

SHING PG 111

Les Shing souhaitent restaurer sa mémoire car il dispose d'informations qu'ils désirent : spécifiquement, s'avère-t-il, l'emplacement de sa planète natale, qu'Orry est trop jeune pour avoir connu.

PRÉDICTION PG 112

La probabilité est de 20 %. Les deux balles rouges forment une paire d'objets uniques. Il y a 12 manières possibles de sortir deux balles entre la bleue, la blanche, la rouge N°1 et la rouge N°2. Nous savons qu'il y a déjà une rouge, et donc les possibilités bleue/blanche et blanche/bleue sont éliminées. Cela laisse 10 possibilités. Sur ces 10, seules rouge N°1/rouge N°2 et rouge N°2/rouge N°1 donnent deux balles rouges. 2/10 signifie 20 %.

URSULA K. LE GUIN
RÉPONSES

MURS PG 113

Assis de cette façon, le centre de gravité est aligné avec la colonne vertébrale, mais la puissance permettant de se lever vient des cuisses et des mollets, qui sont ancrés aux pieds. La distance entre le centre de gravité et le point de pression est simplement trop grande. Il sera impossible de se mettre debout tant qu'ils ne seront pas rapprochés en se penchant en avant et/ou en ramenant les pieds en arrière.

PEUR PG 114

Bien que chaque plante soit simple en elle-même, elle appartient à une conscience unifiée : un esprit unique qui utilise ses composants individuels à la manière dont notre cerveau utilise les neurones individuels. La peur ne les a pas suivis : la conscience est unitaire, et se trouve donc partout sur la planète. Elle est terrifiée par l'arrivée d'une vie externe qui ne fait pas partie d'elle.

ANNÉES PG 116

Laia a 80 ans. Pour résoudre ce problème, il nous faut convertir les proportions fractionnaires de l'espérance de vie en un dénominateur commun afin de pouvoir les comparer. Il y a plusieurs dénominateurs possibles, mais l'un d'eux est son âge exact : X. Son temps de déclin, 14 ans, peut aussi être très simplement converti en proportion fractionnaire de son âge exact, simplement en l'écrivant 14/X. Nous avons donc 1/8, 1/5, 1/2 et 14/X. Nous savons que tout cela s'additionne pour donner son âge total et donc, lorsque toutes les fractions sont exprimées avec son âge exact comme dénominateur, les quatre numérateurs vont aussi donner X. Ou, mathématiquement : 1/8 = 1/5 + 1/2 = 14/X =X/X = 1.

Le plus petit dénominateur commun de 8, 5 et 2 est 40, alors commençons par multiplier les parties haute et basse de chaque fraction par le nombre requis pour transformer le dénominateur en 40. On nc pcut pas transformer X sans risque, parce que nous ignorons sa valeur. Donc, multiplions 1/8 par 5, 1/5 par 8 et 1/2 par 20, pour changer notre équation en 5/40 + 8/40 + 20/40 + 14/X = 1. Alors, a-t-elle 40 ans ? Faisons le test en additionnant les numérateurs : 5 + 8 + 20 +14 = 47. Quarante-sept n'étant pas égal à 40, elle n'a pas 40 ans. Nous avons 7 de trop, qui est la moitié de 14, donc avec un âge de 40 ans, 14/X est deux fois ce dont nous avons besoin. Cela signifie qu'il nous faut doubler 40 pour atteindre l'équilibre, puisque nous ne pouvons pas changer X. Multiplions donc toutes les fractions connues par 2 afin de les doubler. Nous avons alors 10/80 + 16/80 + 40/80 + 14/X = 1. Testons à nouveau. Oui, 10 + 16 + 40 + 14 = 80, et donc 10/80 + 16/80 + 40/80+ 14/80 = 80/80 = 1.

URSULA K. LE GUIN
RÉPONSES

SAUVAGERIE PG 117

Orrec ne possède aucun don. Son père, faisant semblant d'essayer de l'entraîner, utilisait son propre pouvoir pour simuler le manque de contrôle de son fils. Canoc savait que son fils n'avait pas de pouvoir, et tentait de rendre le garçon terrifiant, afin de dissuader les agresseurs extérieurs de s'en prendre à leur domaine.

RÉSISTANCE PG 118

En tant que femme, Memer est à la fois absolument incapable et insignifiante, pour ce qui concerne les Alds. L'idée qu'une femme puisse représenter une menace leur est totalement étrangère. Tant qu'elle n'est pas arrêtée dans la rue, elle est pratiquement assurée d'être tranquille.

GÉNÉRATIONNEL PG 120

En général, une réponse au hasard entre quatre possibilités a 25 % de chances d'être correcte. Mais B et C donnent toutes deux 25 %, donc la chance d'en obtenir 25 % est en fait de 50 %. D donne 50 %, mais cela ne peut pas être correct, puisqu'il n'y a que 25 % de chances de tomber dessus. Cela nous laisse avec un paradoxe inconciliable, et donc la véritable chance est de 0 % – sauf que 0 % est la réponse A, qui a 25 % de chances d'être sélectionnée.

Bien qu'elle ressemble à une question fonctionnelle, cette question n'a pas de réponse – en réalité, elle n'a aucun sens.

DRAGONS PG 123

Non. Le cerf a bon goût, et il représente une nourriture adéquate, mais il gémit, et les dragons les ignorent toujours parce qu'ils s'en lassent.

NOMS PG 124

Ils sont composés de 13 lettres, mais aucune de ces lettres n'est à la même position dans les deux mots.

URSULA K. LE GUIN

RÉPONSES

SEC PG 125

Nous savons que leurs morts ont été très soudaines, et la certitude que ni la magie, ni la technologie avancée ne sont impliquées montrent à l'évidence qu'il ne s'agit pas d'un meurtre délibéré, mais d'une mort due à un facteur environnemental. La foudre ou un gaz toxique sont exclus par l'autopsie. Mais ce que nous ignorons, c'est depuis combien de temps ils sont morts, et on nous dit que les fleurs de printemps viennent de pousser.

En fait, le couple est sorti se promener durant les mois d'hiver et a été enseveli par une avalanche. Engloutis, ils ont suffoqué en gelant, et sont restés cachés dans la neige jusqu'à la fonte printanière.

OMBRE PG 126

Après 6 h et quelques minutes, peut-être même une heure de plus. Lorsque la planète tourne et qu'on arrive à l'aube, elle vous déplace dans une lumière qui existe déjà, donc peu importe si cette lumière a quitté le Soleil il y a huit minutes ou huit nanosecondes. Et donc, l'aube n'a pas lieu tôt.

En fait, à cause de la vitesse de la lumière à travers l'air, celle-ci se diffracte dans notre atmosphère, et se courbe afin de nous atteindre plus vite que si elle se propageait en ligne parfaitement droite comme nous l'imaginons. Nous avons tous déjà vu le soleil se lever sur l'horizon – nous avons une ligne directe vers le phénomène. Nous ne voyons exactement la position correcte du Soleil que lorsqu'il est sur l'équateur à midi. Et donc, selon la latitude, la pression de l'air, la pollution, l'élévation du terrain environnant, etc., il nous semble voir le soleil se lever un peu plus tôt qu'il le fait effectivement.

Si la lumière se déplaçait à une vitesse infinie, cette diffraction n'aurait pas lieu, et l'aube aurait l'air en retard. Accessoirement, la lumière se déplaçant à une vitesse infinie ne rendrait pas le Soleil infiniment puissant. Nous ne serions pas grillés sur place. En revanche, nous verrions les étoiles telles qu'elles sont maintenant, plutôt que de les voir telles qu'elles étaient il y a des milliers, des millions ou des milliards d'années.

URSULA K. LE GUIN

RÉPONSES

FOSSE PG 129

Le prisonnier n'a pas creusé un tunnel jusqu'à la surface pour s'échapper, ou même jusqu'au passage d'où il a été jeté. Il n'a besoin que de creuser assez de terre pour former une butte dans sa cellule afin de pouvoir en atteindre l'ouverture. Difficile à réaliser sans risquer de se retrouver enfoui dans un éboulement, mais loin d'être impossible.

APHASIE PG 130

Si la cloche est parfaitement élastique, elle ne serait absolument pas déformée au point d'impact. L'impact serait instantané, et toute l'énergie serait renvoyée. Il n'y aurait aucune vibration, et donc aucun son. La cloche et le marteau s'écarteraient immédiatement l'un de l'autre, l'énergie produite par le marteau lors de l'impact se divisant également entre les deux. Cela pourrait causer une onde sonore audible si la cloche était frappée suffisamment fort, mais la cloche elle-même ne tinterait pas.

URSULA K. LE GUIN
RÉPONSES

MULTIVERSE PG 131

En vous excluant, les neuf autres peuvent être définis par le nombre de personnes qu'ils connaissaient avant, en les nommant par leur chiffre, de 1 à 9. Évidemment, 9 connaît tout le monde, y compris vous, parce qu'il n'a pas à se compter. De même, 1 ne connaît qu'une personne – et le seul qui connaisse tout le monde est 9, donc 1 et 9 se connaissent, et comme tout le monde connaît son partenaire, 1 et 9 sont venus ensemble. 8 connaît tout le monde sauf 1, donc 2 doit connaître 9 et 8. Les gens vont par paires, donc 2 et 8 sont en couple. La même logique rassemble 3 et 7 et 4 et 6. Votre partenaire est 5, mais cela a peu d'importance. 4 connaît 9, 8, 7 et 6, mais c'est tout. Votre partenaire, 5, connaît aussi 9, 8, 7 et 6, mais on ne peut se compter soi-même, donc il ne « connaît » pas 5, et encore moins 4. La cinquième personne connue de 5 doit être vous. Cette même logique s'applique en remontant dans les chiffes – à 6, 7, 8 et 9 qui ne peuvent se compter eux-mêmes, et doivent donc vous connaître pour atteindre le nombre adéquat de connaissances. Et donc, comme votre partenaire, vous connaissiez 5 personnes avant le début de la soirée.

MAÏS PG 132

Une personne hybride. C'est la seule façon de garantir que n'importe quelle paire possible compte au moins une personne non hybride.

LE GUIN PG 134

A. I, La Californie.

B. IV, Kroeber.

C. II, Anthropologue.

D. II, L'Europe de l'Est.

E. III, Hain.

F. II, *La Main gauche de la nuit.*

G. III, Le langage de l'esprit.

H. III, Un poème.

I. IV, Faible.

J. II, Français.

RAY BRADBURY

RÉPONSES

ACCUEIL PG 140

Il n'y a qu'une seule déclaration vraie, et les N°1 et N°4 sont directement contradictoires, donc l'un d'eux doit forcément mentir et l'autre dire la vérité. Si N°1 ment et N°4 dit la vérité, ni N°3, ni N°5 ne sont (à tort) accusés par quelqu'un d'autre, et aucune réponse définitive n'est présente. Donc N°4 ment et N°1 dit la vérité, et N°4 est le meurtrier.

BÉBÉ PG 142

Il n'y a pas de verre, de carafe ou d'autre source de liquide. Il est fort improbable que quelqu'un avale à sec 46 grosses pilules, même s'il en était capable. Il s'agit donc d'une mise en scène.

ÉVASION PG 143

Trois fruits – un de chaque sorte spécifiée.

RAY BRADBURY

RÉPONSES

TROISIÈME PG 144

100 %. L'hémisphère en question ne s'aligne pas suivant un axe nord-sud ou est-ouest. Si on considère que les deux premiers atterrissages établissent la frontière d'un hémisphère, alors le troisième atterrissage doit se trouver d'un côté ou de l'autre, ce qui place les trois dans la même moitié de la planète. Même si on imagine que le troisième atterrissage a lieu précisément sur la limite définie plus haut, cela veut juste dire que les trois atterrissages se font dans la même partie.

PILE OU FACE PG 145

Peu importe à quel point le lancé est biaisé, une pièce aura toujours exactement la même probabilité de tomber sur le côté face (F) puis pile (P) que P puis F. Donc, lancez la pièce deux fois. Si vous obtenez FP ou PF, vous avez votre réponse. Si vous obtenez PP ou FF, lancez-la encore deux fois, en répétant autant que nécessaire.

RÉPONSES

INDIGÈNE PG 146

Comme vous ignorez qui est qui, désignons la personne que l'équipe décide d'interroger par « A » et les deux autres par « B » et « C ». La question à poser est, « B est-il plus vieux que C ? ». Quelle que soit la réponse que vous obtiendrez, choisissez celui que A désigne comme étant le plus jeune. Si A dit la vérité, vous avez choisi le menteur, vu qu'il est plus jeune que le changeant. Si A est le changeant, vous avez choisi soit le menteur soit l'honnête. Enfin, si A est le menteur, vous avez choisi celui qui dit la vérité, vu qu'il est plus vieux que le changeant.

TRANSFORMATION PG 147

Plus d'un million – 1 048 576 pour être exact. L'esprit humain a du mal à estimer la progression exponentielle, mais si on double continuellement une quantité, on en arrive très vite à des ordres de grandeurs immenses.

TEECE PG 148

Trois. La sœur de Samuel est, bien sûr, la sœur de ses trois frères.

ÉLECTRICIENS PG 150

Désignons les interrupteurs par 1, 2 et 3. Commencez par allumer 1 et laissez-le ainsi un moment – disons 15 minutes. Puis éteignez-le, allumez 2 et allez dans la pièce. Si la lumière est allumée, 2 est le bon interrupteur. Si la lumière est éteinte et que l'ampoule est chaude, 1 est le bon interrupteur. Si la lumière est éteinte mais que l'ampoule est froide, 3 est le bon interrupteur.

USHER PG 152

Il y a une méthode fiable pour générer une force qui vous sera utile. Lorsque vous inhalez, l'air entre par votre nez et votre bouche par tous les angles autour d'eux, ce qui produit un élan négligeable. Mais lorsque vous expirez, votre souffle se déplace dans une direction spécifique, d'autant plus si vous plissez les lèvres et respirez fort. Donc vous pouvez gagner de l'élan en respirant de cette manière, et l'effet ne sera pas inversé par vos aspirations d'air. Comme vous êtes sans frottement, votre masse ne gênera pas vos mouvements et vous pourrez vous échapper.

RÉPONSES

GRIPP PG 153

Il y a ici deux problèmes à considérer. L'un est l'élan. Lorsque vous sautez d'un bus, vous vous déplacez à la même vitesse que lui. La meilleure manière de minimiser cette vitesse est de sauter dans la direction opposée à celle du bus. Cependant, l'autre facteur à prendre en compte est le fonctionnement naturel du corps humain. Nous sommes bien plus aptes à maîtriser la vitesse vers l'avant que vers l'arrière, et si nous tombons vers l'avant, nos mains sont bien placées pour amortir notre chute, et nos articulations sont conçues pour compenser plus efficacement l'impact que si nous tombons vers l'arrière. Donc mieux vaut faire face à la direction dans laquelle on se déplace lorsqu'on atterrit. Cela signifie que la meilleure chose à faire pour éviter une catastrophe à l'atterrissage est de se tourner vers l'avant, mais de sauter en arrière aussi fort que possible.

GLACE PG 155

Malgré les apparences, la glace n'est pas plus glissante que la pierre, mais elle fond sous la pression, et l'eau est extrêmement glissante. Si la glace est lisse, la pression de votre poids se répartit au maximum, et elle fond moins sous vos pieds. Cela la rend moins glissante que la glace inégale, sur laquelle le poids est concentré et où la glace fond donc plus vite. Des chaussures avec des semelles très larges seraient également utiles.

RAY BRADBURY

RÉPONSES

FUSÉES PG 156

Ce serait votre père. Il serait au moins l'un des beaux-frères de votre oncle maternel.

MONSTRE PG 157

La chaîne était attachée au cou du monstre d'un côté, mais l'autre bout n'était relié à rien.

APPARTENANCE PG 158

Le groupe A est composé de nombres dont les chiffres sont entièrement formés de lignes courbes. Le groupe C est composé de nombres dont les chiffres sont entièrement formés de lignes droites. 16, qui dispose de lignes courbes et de lignes droites, appartient au groupe B.

LUMIÈRE PG 160

Il est extrêmement difficile de distinguer une zone non éclairée la nuit depuis l'intérieur d'une pièce éclairée. Ceci est doublement vrai lorsqu'il pleut. Il n'y a aucune manière plausible pour que Mme Phelps ait pu identifier son voisin sous un arbre au fond de son jardin non éclairé.

EXIL PG 162

Le grand-père maternel de Granger était plus jeune que le père de Granger.

RÉPONSES

CARNAVAL PG 163

Votre reflet dans le miroir n'est pas inversé de droite à gauche, mais de l'avant vers l'arrière Si vous fixiez non pas un miroir mais un hologramme de vous-même vous représentant avec exactitude, vous regarderiez l'arrière de votre tête. Si vous fermiez votre œil droit, votre hologramme fermerait aussi l'œil droit. C'est là que se situe l'inversion, dans la direction naturelle de la lumière lorsqu'elle vous est renvoyée, afin que vous puissiez voir la partie avant de vous-même dans le miroir. Ce n'est pas juste votre cerveau qui aide à adapter l'image, comme il le fait lorsque la Lune est basse sur l'horizon. L'inversion est réelle. Elle est juste parallèle au miroir, de l'avant vers l'arrière, plutôt que perpendiculaire (de la gauche vers la droite ou du haut vers le bas).

TIGRES

PG 165

Parce que même si les individus peuvent être prévenants et respectueux, les humains dans leur ensemble ont tendance à être extrêmement destructeurs, à polluer et à piller les ressources à leur portée jusqu'à ce qu'il ne reste plus rien. Leur mission est de trouver des mondes à exploiter pour leurs minerais mais, même si ce destin pouvait être épargné à cette planète, si la nature de celle-ci était connue, elle serait envahie et ruinée – peut-être à grands frais pour la compagnie, si la planète se rebellait.

BRADBURY

PG 166

A. III, Les années 1920.

B. II, La Californie.

C. IV, Sorcellerie.

D. I, Un texte comique.

E. I, La chasse aux autographes.

F. I, 0.

G. IV, Le papier brûle.

H. II, La colonisation.

I. IV, Le tatouage.

J. II, La grand-mère.

CRÉDITS PHOTO

L'éditeur souhaiterait remercier les sources suivantes pour leur aimable autorisation de reproduire les illustrations de ce livre.

ALAMY : /CBW : 107B ; /DWD-Media : 43B ; /Everett Collection : 10, 11T, 39TR, 75, 103 ; /ScotStock : 11B ; /Sputnik : 6-7, 149, 168, 215

GETTY IMAGES : /Bettmann : 107T, 135, 211

ISTOCK : /stmeca : 17, 26BKG, 32BKG

SHUTTERSTOCK : /3DMart : 112 ; /19 Studio : 50-51, 182 ; /AP : 139, 167, 223 ; /aarrows : 61 ; /Algol : 94 ; /Andrey_Popov : 116, 203 ; /Angela Harburn : 2-3, 104, 126, 136, 146BKG, 154-155, 207, 216, 218 ; /archive : 111, 201 ; /Art Furnace : 30-31 ; /Art2ur : 70-71 ; /Bardocz Peter : 57 ; /cigdem : 1, 19, 172 ; / Dave Lewis : 138 ; /Digital Storm : 14-15, 170 ; /diversepixel : 131BKG, 164-165, 209, 222 ; /Dmitry Guzenko : 98, 198 ; /Dome LifeThibaan : 58, 185 ; /EtiAmmos : 33 ; /Evdokimov Maxim : 44-45, 180 ; / exkluzive : 146,216 ; /Festa : 22, 174 ; /GrandeDuc : 48-49, 181 ; /Gwoeii : 142, 212, 220 ; /HalizovS : 161, 211 ; /HelenField :166 ; /hoomoo : 56, 184 ; /Howard Klaaste : 47 ; /Inked Pixels : 100 ; /jagoda : 52 ; /Jiewsurreal : 109, 200 ; / Joe Prachatree : 152, 217 ; /Julien's Auctions : 139B ; /Jurik Peter : 153 ; / Keith Tarrier : 77, 190 ; /Kletr : 26,176 ; /LittlePerfectStock : 28 ; /Liu zishan : 24-25, 175 ; /Magdalena Teterdynko : 162 ; /Majority World : 74 ; /Marina Sun : 91, 195 ; /MGM/Stanley Kubrick Productions/Kobal : 84, 92-93, 196-197 ; /Mia Stendal : 130, 208 ; /mwreck : 34-35, 178, 188 ; /Natykach Nataliia : 16, 171 ; /Nerthuz : 144, 214 ; /Ociacia : 117 ; /Olena Voronetska : 46 ; /optimarc : 88-89 ; /Outer Space : 80-81 ; /Peangdao : 114-115 ; /pryzmat : 79, 101, 191, 199 ; /Ripitya : 76 ; /Robert Adrian Hillman : 131 ; /Robsonphoto : 147 ; /Romolo Tavani : 157 ; /sakkmesterke : 94-95 ; /Savelov Maksim : 21, 143 ; / Sebastian Janicki : 97 ; /Selin Serhii : 23 ; /Sergey Nivens : 78 ; /Space creator : 124 ; /TigerArt : 145 ; / Tithi Luadthong : 8, 36-37, 119, 158-159, 179, 204 ; /Triff : 60-61, 108-109, 200 ; /Twisted Die Productions : 110 ; /urfin : 66 ; /weera sreesam : 62-63, 186 ; /welcomia : 29, 177 ; /WWWoronin : 125, 132, 206, 210 ; /Yuriy Mazur : 122

TOPFOTO : /ClassicStock : 5, 40-41, 64, 156, 187, 219 ; /Sputnik : 4, 12-13, 54-55, 68-69, 82-83, 90, 121, 140-141, 150-151, 183, 189, 192, 194, 205, 213 ; /World History Archive : 72, 86-87, 193

WIKIMEDIA COMMONS : 43T, 71

Tous les efforts possibles ont été faits pour définir de façon exacte et contacter les sources et/ou les détenteurs des droits de reproduction de chaque image. Toute erreur non intentionnelle ou omission sera corrigée dans les futures éditions de cet ouvrage.